騷動

青 少 年 劇 本 集

Disturbance

SHOW影劇團／企畫
謝鴻文／主編
陳義翔、李美齡等／著

贊助出版
行政院文化建設委員會

005　推薦序一　讓青少年開心玩戲劇 · · · · · · · · · **謝念祖**

006　推薦序二　尋找的啟示 · · · · · · · · · · · · **劉克華**

008　導論　青春的騷動，在文字裡尋找安定 · · · · · · **謝鴻文**

第一卷

015　神奇聖誕帽 · · · · · · · · · · · · · · · **陳義翔**

029　遺失的美好 · · · · · · · · · · · · · · · **謝鴻文**

039　真的不是我 · · · · · · · · · · · · · · · **李美齡**

047　曾經 · · · · · · · · · · · · · · · · · · **李美齡**

057　白賊八 · · · · · · · · · · · · · · · · · **李美齡**

第二卷

065　班會記錄簿 · · · · · · · · · · · · · · · **集體創作**

089　椅子上的默示 · · · · · · · · · · · · · · **集體創作**

103　逆愛，**Need Love** · · · · · · · · · · · · **集體創作**

第三卷

133　火焱的青春 · · · · · · · · · · · · · · · **集體創作**

151　生活NEW一下 · · · · · · · · · · · · · · **集體創作**

161　社情故事 · · · · · · · · · · · · · · · · **集體創作**

177　舞所不在 · · · · · · · · · · · · · · · · **集體創作**

183　狗·戀 · · · · · · · · · · · · · · · · · **集體創作**

191　誌謝

推薦序一
讓青少年開心玩戲劇

謝念祖
全民大劇團團長、樹德科技大學表演藝術系助理教授

　　目前國內鮮少有針對青少年出版的劇本，而青少年卻是對於表演藝術最充滿熱情的年齡。很高興看見作者們願意把過去與青少年合作經驗中所發展出來的劇本集結成冊，相信這對許多學校的老師，或是熱愛戲劇卻苦無方向的青少年提供一個非常好的參考資料。

　　或許劇本的內容是為了配合青少年的心智年齡，以至於有許多的台詞或是劇情的設計略顯得幼稚，不過其中大部分已經被演出過的劇本，都是經過許多的嘗試與調整，所以千萬不要以成人的眼光來審視，不妨讓青少年開開心心的玩劇中的故事，享受劇場的遊戲的趣味。

推薦序二
尋找的啟示

劉克華

六藝劇團團長、社團法人中華民國表演藝術教育推廣協會發起人

　　劇場是一個神奇的地方，千百年來總是吸引著無數的心靈，來到這個奇特的場域尋找問題、尋找答案。

　　當然，「尋找」必須要有步驟、有方法；而劇本創作，就是尋找問題、尋找答案的第一個步驟。

　　然而，對大多數的人而言，這個「尋找」的第一個步驟是困難的、是孤獨的、是非常個人化的。甚至，是非常封閉的。

　　對大多數人而言，劇場中的工作有這麼多的類型，導演、表演、設計、製作。既然有這麼多不同種類的、趣味各異的「尋找」方式，那麼為什麼要去嘗試「劇本創作」這個看起來這麼暗無天日的工作呢？

　　也的確，在整個劇場工作中，就流程來說，劇本創作是在整個製作開始之前就要先行完成的一個工作。它不像演員排演這麼有趣：一群專業的演員湊在一起排一齣戲，排練場上總是會有不斷的驚喜，總是會有爽朗的笑聲與熱烈的討論。劇本創作給人的聯想總是在寂靜無聲的深夜，一盞燈一支筆。創作者面對的是永無止境的書寫，面對的是稿紙上永無止境的空白；它也不像導演排戲這麼有成就感：一個導演在排練場上，彷彿就握有呼風喚雨的魔法棒，要有風有雨有四季，原本平淡無奇的排練場，霎時就可以幻化成真實世界中的高山流水草原沙漠，讓人目不暇給、讓人驚嘆連連。這些，都不是劇本創作者可以在創作的時候具體享受到的樂趣。

　　所以對於願意用「劇本創作」來成為他在劇場中尋找問題、尋找答案的工作方式的人，我是非常讚賞，也非常敬佩的。現在在台灣，由於全球資訊化浪潮的席捲，影像傳播的速度和力量正以無比驚人的方式，改變了我們的思維與表達，願意堅持用文字的方式進行「尋找」的創作者是越來越少了。

　　很高興看到這一本劇本集的出版，對台灣的青少年來說，適合給青少年看的戲劇已經寥寥無幾了，更不用說適合青少年閱讀搬演的劇本。如果因為這本劇本集，能夠讓台灣幾乎是荒漠的青少年戲劇，增添幾分活力、注入些許活水，讓那些急欲看見更廣大世界的灼熱心靈，可以從這本劇本集中，獲得一些滋潤，開啟他們在劇場中的「尋找」之旅，那麼這或許就是劇本集中的這些創作者，最美好的心靈回饋了。

　　期待這本劇本集中的所有創作者們，在創作中或許尚未解決最重要的問題，或許尚未找到終極的答案，但卻已經從這尋找的過程裡，獲得了屬於自己生命中，重要的啟示。

青春的騷動，
在文字裡尋找安定

謝鴻文

虎尾科技大學通識教育中心講師、SHOW影劇團藝術總監

1

　　青少年劇場在西方國家是很普遍的，它銜接在兒童劇場和成人劇場之間，在英語裡說「Youth Theatre」，指由兒童和青少年擔任演出的劇場形式；「Theatre for Young People」，指專業劇場工作者專門為青少年作的創作。在強調分眾適性的概念下，青少年劇場一般而言，有很明確的教育功能在，所以常常是透過學校教師的指導與組織（如學校社團）來進行的，適合參與的年齡層大約為小學高年級至大學生之間，但仍以國中、高中學生為主體。

　　青少年劇場主要不是為孕育未來的影視明星（當然也不排除有人有此資質）而作，是為了讓青少年透過即興扮演等創造活動，培養團體合作能力，反思生活經驗與解決問題，促進人格健康發展，進而提昇對戲劇藝術的審美概念，充實個人美感素養。

　　台灣一直以來，少有人去思考青少年劇場這個區塊的必要性，像2006年在台北成立的「青少年表演藝術聯盟」創辦「花樣年華全國青少年戲劇節」，持續推動青少年劇場發展的例子實在是非常少，這背後有諸多社會文化的包袱與框架存在。首先是青少年在求學階段面臨到沉重的課業壓力，即便現在標榜多元入學，高唱教育改革，但我們都很清楚，大部分青少年仍然在不停考試的痛苦中掙扎；而望子成龍，望女成鳳的家長，這時候也不太會想到給孩子玩戲劇，怕會玩瘋了書都沒唸好。就算九年一貫課程已經實施幾年了，可是藝術與

人文領域的教學依然是陪襯點綴居多，再則戲劇師資的缺乏，有戲劇教育課程的學校實在是少之又少。

　　而劇場的創作者，長久以來也是忽視了青少年這個族群。當一個青少年他想進劇場看戲，可是成人劇場的表演，也許他會看不懂，抑或消費不起，造成青少年無戲看的結果，他們只好選擇電影、漫畫、電玩等其他傳播媒體作為休閒了。我長期觀察兒童劇場也發現一個現象，即大部分兒童觀眾都在小學中年級以下；由於現代高年級的兒童生理與心理的早熟發育，讓他們無法再接受兒童劇場，然而又沒有青少年劇場可參與時，青春的靈思，身體的騷動，都只能被課業禁錮，找不到安定的所在了。

　　假使我們把所有的青少年都馴服得規規矩矩，卻讓他們因此失去創意、想像力、判斷力與創造力，更失去了活潑、自由、柔軟有彈性的生命力；除非他們之後的人生遇到特別的導引啟發，能夠重新思考生命的意義與價值，能夠慎重面對自我的內在與潛能，否則我們還能期待這群人未來能創造出多大的成就？我們的文化藝術要傳承發展下去，寄託在這種因規矩而容易變得迂腐守舊的人身上，是令人擔憂的！

　　因此，我們向青少年大聲疾呼，一起來玩戲劇吧！我們也向家長大聲疾呼，讓孩子來玩戲劇吧！

2

　　台灣的戲劇生態，對於劇本出版向來是漠視的，要談有沒有青少年劇本集，那更是如鳳毛麟角的稀有。以目前所知的文獻，最早可以追溯到1940年，由皇民奉公會台北州支部編的二輯《青年演劇腳本集》，還有1941年，台灣總督府情報部編輯出版的《輕鬆製作青少年劇腳本集》，這幾本劇本集都是因應日治後期皇民化運動，為倡導「國民演劇」，提供眾多青年團在各地宣揚政令思想而生，其政治意義大於藝術價值。戰後，1957年有錢野桐《少年遊擊隊》由正中書局出版，它早被歷史湮滅了，看過這齣戲及劇本的人都寥寥無幾。再來就是1982年至1988年，台北市政府教育局配合兒童劇展，同時舉辦年度青少年兒童劇本甄選，所有甄選得獎作品都以《青少年兒童劇本》為名出版，不過，這些劇本集收錄的多半是兒童劇。除此之外，偶還可以從若干兒童劇本集裡讀到適合作青少年劇場演出的劇本，例如徐琬瑩2006年出版的《不只是兒戲》中，富有台灣風味的〈半屏山〉就被標舉出適合高年級演出。整體來說，

屬於青少年劇場的劇本還是非常匱乏有限的。

SHOW影劇團成立以來，青少年劇場便是我們關注的發展方向之一。我們一方面尋求和學校、社區合作，一方面自行創作，開發課程，培訓表演藝術創作人才。《騷動》這個青少年劇本集共分成三卷，第一卷收錄了劇團團長陳義翔、執行長李美齡，以及我三人為青少年量身打造，並曾委由社區、學校故事志工，還有我們團內自己的青少年成員在桃園縣境內演出過的劇本；第二卷是劇團和桃園縣經國國中合作戲劇教育的集體創作成果，三年三齣戲，有人因此蛻變成長，有人因此得到情感宣洩，有人因此與爸媽感情和好……，正面的效益超乎預期；第三卷則集合了2010年暑假「來劇場SHOW一下工作坊」和2011年寒假「青少年劇本創作工作坊」學員的創作。

第二、三卷參與的作者全是沒寫過劇本的新手，這群青少年他們說故事的能力、編劇技巧或許還薄弱，思想也不夠深刻，然而讀者不宜嚴苛批評；反而要去欣賞他們真摯的情感投入，以及動人的誠意；當然現代青少年的思維，時而無厘頭搞笑，時而頑皮戲謔，亦是值得認真而非輕鄙看待的事。全書總計13個劇本。13，很巧合的數字，它是一個孩子脫離國小進入國中的年紀，正在急促發展成熟，又難掩生命歷練不足的青澀；荷爾蒙的分泌，激發內心欲望的種種躁動，又不時被成人拉扯牽絆著。13，也是充滿奧妙有趣，值得探索瞭解的年齡。因此，這個青少年劇本集以《騷動》為名是再好不過了，它刻記了青春的某時某刻，宣示任何悲喜交錯皆值得探索瞭解。

3

綜觀這本書收錄的劇本的面貌，幾乎完全契合Colin Chambers編的《The Continuum Companion to Twentieth Century Theatre》所言，青少年劇場與兒童劇場有類似的根源，但它的觀眾包括青少年，其工作多半立足於社會問題，而不是兒童劇場常見的神話與幻想。除了〈神奇聖誕帽〉是兒童劇的風格，其餘的劇本都以寫實為基礎，去觀察個人與同儕、個人與家庭、個人與社會的聯結關係，在這密切的網絡裡，所有的人都是「社會人」，沒有人是獨立生存的。

既然如此，每個人看世界的角度不同，反映在創作上，便會呈現「大敘事」／「小敘事」的差異。我所謂的「大敘事」——意即有比較多層次的主題與事件組合；「小敘事」則相反——可能只是單一事件的獨唱而已。前者例如〈社情故事〉，活生生寫照了一個社區裡的百態人生，每一個角色展現的俱是

一段悲喜交錯的生命，社區中人看似冷漠無交集，一旦有觸機發生卻把彼此牽連在一起，這時候所有的問題都像共生，需要共同去面對。後者如〈真的不是我〉，講述一個家境清寒的女孩被同學誣賴成小偷，情節僅此一樁事件，轉變在最後真相揭曉，女孩證明自己的清白，而當初不辨是非的老師則認錯。像這樣的劇本要傳遞的理念可說一目了然，完全貼近於生活現實，容易得到共鳴。也屬於「小敘事」類型的〈狗‧戀〉，有一個創意又有趣的劇名，講的只是女主角因狗和前夫結緣相戀的故事，而前夫意外喪生後，又因狗和狗醫生譜寫第二春，很偶像劇的情節，但劇中亦關心了流浪動物的問題，那個專門收養流浪動物的黃媽媽出現的情節是頗感人的。

除了社會問題的反省，我們會看見更多的內容是在談青少年自己，或自己與家庭暗潮洶湧的關係。〈班會記錄簿〉、〈椅子上的默示〉、〈逆愛，Need Love〉、〈火燄的青春〉、〈舞所不在〉等劇本都觸及到家長對青少年子女不夠關心，或者只關心功課，無法真正瞭解青少年的心和他們的夢想，導致嫌隙產生等情節，俱足以證明這是當下的常態時，所有為人父母者的教養功課恐怕都要重修了！

也因為有機會透過這樣的戲劇演出，我們也期待持續發展的青少年劇場可以成為青少年和父母交心的所在，以戲劇為媒介，以生活化的故事為話題，重新修復親子關係。唯有和諧的親子關係，才是減少社會問題的根本，為此，SHOW影劇團是肩負著使命的，希望這個青少年劇本集出版會引發更遠大長久的漣漪。

第 一 巻

神奇聖誕帽

編劇：陳義翔

角色：

聖誕老公公
精靈姐姐
精靈妹妹
孔雀
綿羊
貓頭鷹
枯樹
浣熊
黑貓
白貓
土撥鼠
長頸鹿

△枯樹在舞台的中央，開場舞的音樂進。除了聖誕老公公外，所有角色上場跳舞
　（曲目〈獻上祝福〉作詞：葉薇心　作曲：蕭文凱）。

白雲獻給了藍天
藍天就有了變幻的容顏

露珠獻給了花朵
花朵就有了綻放的笑靨

星星獻給了黑夜
黑夜就有了閃亮的行列

青草獻給了大地
大地就有了翠綠的草原

我要把祝福獻給你
願主的愛如春風甦醒你
願主的恩典如同甘霖滋潤你
我要把祝福獻給你

△開場歌舞進入到間奏時，聖誕老公公出場。

聖誕老公公　各位小朋友們大家好呀！你們最喜歡的聖誕節已經到囉！等一下，
　　　　　　我就要去發禮物給這個世界上所有的人囉！

精靈姐姐　你們知道嗎？原來聖誕老公公都是靠他頭上，這頂帽子才找到你們
　　　　　每一個小朋友的唷！

精靈妹妹　哇——原來是這樣子呀！真是太神奇了！

所有角色　（齊聲）真是太神奇了！

△歌舞結束，所有角色歡樂的擺出Pose，聖誕老公公獨自走到下舞台。

聖誕老公公　小朋友們，你們一定很期待吧！現在我要來去準備你們大家的禮物
　　　　　　囉！（左手脫下帽子向大家揮揮手，帽子掉在舞台上，聖誕老公公
　　　　　　下。）

所有角色　（熱烈討論著）聖誕節到了！對吼！我要趕快來去準備襪子囉！

△舞台上的角色一哄而散，只留下精靈姐妹以及一棵枯樹，精靈姐妹倆的目光焦
　點停留在聖誕老公公遺留下來的聖誕帽，枯樹則注視著精靈姐妹倆。

精靈姐姐　（手指向帽子）怎麼會有個垃圾在這邊？

精靈妹妹　哇賽！你是怎麼發現這個垃圾的？

精靈姐姐　我……用眼睛看的。

枯樹　（憂傷）這是我見過最鮮艷的垃圾了……

△精靈姐妹轉頭看見枯樹。

精靈姐妹	（齊聲）好醜的一棵樹……
枯樹	你們趕快向小朋友們自我介紹吧！
精靈姐姐	喔～對吼！
精靈妹妹	差點忘了！
精靈姐妹	（齊聲）各位小朋友們大家好！
精靈姐姐	我就是精靈姐姐。
精靈妹妹	我是精靈妹妹。
枯樹	我是一棵枯掉的樹……沒有水份……也快沒葉子了，好孤單寂寞。

△精靈姐妹沒理會枯樹在一旁說話，姐妹倆走到聖誕帽旁邊開始研究、玩弄著聖
　誕帽。

精靈妹妹	這個垃圾長得好好笑喔！
精靈姐姐	哈哈哈——原來是頂帽子耶！（轉向小朋友）小朋友們，你們知道這是誰的帽子嗎？
精靈妹妹	聖誕老公公做什麼用的呀？
精靈姐姐	應該是便利商店集點換的公仔吧！
精靈妹妹	那應該很可愛囉！
枯樹	聖誕老公公除了可愛之外，他還很慈愛也很公義，最重要的是他最喜歡送小朋友禮物了。
精靈姐姐	這棵樹怎麼知道這麼多啊？
精靈妹妹	管他的，看他一副沒營養的樣子，能說出什麼好東西。
精靈姐姐	也對吼！把這頂帽子放在他頭上，讓他變得漂亮一點吧！

△精靈姐妹將聖誕帽放在枯樹上，兩人研究帽子該如何放，調整了一下。

精靈妹妹	哈哈哈，好好笑喔！
精靈姐姐	你看他的樣子好傻喔！

△精靈姐妹倆調皮搗蛋完枯樹之後，下場。

枯樹	為什麼我會遇到這麼倒楣的事情呢？難道我的生命就該如此悲哀嗎？為什麼呢？天啊！誰可以給我答案？算了，我看還是算了……

△精靈姐妹又突然上場。

精靈姐姐	這棵樹怎麼那麼囉嗦！
精靈妹妹	就是說嘛……
枯樹	你們怎麼又出現了？
精靈姐姐	不能走錯地方是不是！
精靈妹妹	姐，你跟他講這麼多做什麼？
精靈姐姐	（邊走邊說退場）對吼！我們趕快去找動物們玩吧！
精靈妹妹	Ya！出發！
枯樹	對呀，我怎麼那麼囉嗦！我只不過是一棵枯樹，我看我還是睡覺好了，讓時間一分一秒的過，我看我也只能這樣，繼續浪費我的生命了。（語畢，睡覺）

△輕柔的音樂進
△所有的角色（動物們）隨著音樂的感覺上場，迅速的將枯樹好好打扮一番，將枯樹貼上葉子、掛上亮晶晶的珠子、彩帶等。此時枯樹看起來像是一棵聖誕樹，但在枯樹上的聖誕帽被裝飾品給擋住，動物們裝飾著枯樹的同時，聖誕老公公慌張的出現到舞台上。

聖誕老公公	各位小朋友們大家好呀！我就是你們最喜愛的聖誕老公公，怎麼辦？我的帽子不見了，這樣子我就不能到每個小朋友家裡面送禮物給你們大家了。真是麻煩，我這頂帽子它不只能幫助我找到各位小朋友的家之外，它還有許許多多的功能唷！真糟糕！我的禮物都準備好了，可是我要趕快找到我的帽子才行，不然就來不及送禮物給你們大家了！小朋友們，你們要是看見我的帽子，記得跟我說唷！ByeBye——（語畢，退場）

△舞台上的動物們裝飾好樹之後，就散落在舞台上各自做著自己的事；孔雀在哭、長頸鹿抬頭驕傲的呼吸著、白貓緊張兮兮緩緩的移動著、黑貓慵懶的睡

覺、綿羊吃著草、土撥鼠調皮的去拍打每一個動物的屁股，試圖想引起所有動
物們的注意。

孔雀	（哭泣）為什麼要打人家的屁股。
長頸鹿	（不屑）無聊，老鼠長得真矮。
白貓	（緊張）幹嘛打我、幹嘛打我！
黑貓	（睜開眼動了一下）不要打擾我睡覺。
土撥鼠	（打綿羊屁股，疑惑）你沒感覺嗎？（再打一下綿羊屁股、沒反應 又再連續打了三下，土撥鼠停止動作，愣住。）
綿羊	（後知後覺）哎唷，是誰打我屁股呀！
孔雀	（哭泣）是土撥鼠打的啦！
土撥鼠	（對著綿羊說）你要不要再發現得慢一點。

△白貓緊張兮兮的移動到黑貓身邊，擔心再被土撥鼠打屁股，也擔心搞不好有其
它不好的事情發生。

綿羊	人家又不是故意的，我本來就反應比較慢，比較遲鈍啊。
長頸鹿	哼！好險不是每隻綿羊都像你一樣，如果每隻綿羊都像你一樣的 話，那世界可就糟囉！
黑貓	吵什麼，不要打擾我睡覺嘛。
白貓	黑貓，你不要一直睡嘛……我覺得這個地方怪怪的耶。
土撥鼠	哪裡怪怪的？哪裡怪怪的？

△音樂進，沉睡中的枯樹漸漸甦醒，大叫了一聲，嚇到了舞台上的動物們。

枯樹	哇賽！
長頸鹿	哎唷——
黑貓	誰叫得這麼大聲啊！
白貓	好害怕！好害怕喔！
孔雀	（哭泣）嗚～嗚～嗚。
土撥鼠	哪裡發出來的聲音？
枯樹	哇賽，我感覺到全身充滿力量，未來充滿希望耶！好開心唷。

綿羊	哎唷！
長頸鹿	（對著綿羊說）你下次可以等大家都回家之後再嚇一跳。
綿羊	人家我又不是故意的呀！我就是比較遲鈍嘛。

△音樂進，浣熊隨著音樂蹦蹦跳跳的登場。

浣熊	各位小朋友們大家好呀！我是活潑可愛的浣熊哥哥，（轉頭看看其他動物們）你們都在這裡呀！
長頸鹿	你來這裡做什麼？
浣熊	我來把襪子掛在聖誕樹呀！這樣子我就可以收到聖誕老公公的禮物了，好開心唷！
土撥鼠	看到你就討厭，你幹嘛出現啊，我要走了。
浣熊	你幹嘛走呀！哈囉，土撥鼠你不要走嘛。
長頸鹿	無聊的傢伙，哼！
白貓	（搖動著黑貓的身體）怎麼了？怎麼了？
黑貓	（醒來）什麼怎麼了？
白貓	土撥鼠走了呀！
孔雀	（哭泣）他為什麼要走呢？
綿羊	是誰走了？
枯樹	是土撥鼠他走了，因為呀——浣熊太活潑了，土撥鼠沒有浣熊受歡迎，所以他離開了。
白貓	這棵樹一直在說話，救命啊！
浣熊	我們每天都到這個森林裡來玩，他本來就會跟我們說話呀！你到底在怕什麼？真搞不懂！（轉頭看著樹）哇！大樹呀！不對，不對，要叫你聖誕樹才對！你看起來好漂亮喔！
枯樹	謝謝你，我也覺得好開心。
孔雀	（哭泣）大樹不是感覺都很憂愁嗎？怎麼今天感覺好開心呢？
白貓	對呀！對呀！好可怕喔！
長頸鹿	這有什麼好奇怪的，哼！
浣熊	對了，之前看見你都感覺你有好多煩惱喔！你今天看起來為什麼這麼開心？到底是為什麼呢？

△貓頭鷹突然飛到舞台上。

貓頭鷹	讓我來告訴你們吧！
動物們	（七嘴八舌的討論著然後停止）好呀！快點說，你趕快說。
貓頭鷹	假如我猜得沒錯的話，他一定是戴上了聖誕老公公的帽子。
動物們	（齊聲）聖誕老公公的帽子？
貓頭鷹	之前這棵樹，已經是沒有營養葉子快掉光的枯樹，他一定是戴上了聖誕老公公的帽子才會變得不一樣的。
動物們	（七嘴八舌的討論著然後停止）會有什麼不一樣呢？
貓頭鷹	就是啊！只要戴上聖誕老公公的帽子，就可以改變你自己身上的缺點喔！
浣熊	哇，那真是太神奇了！我也好想戴喔！
貓頭鷹	你認為你有什麼缺點嗎？
浣熊	（害羞）我呀……人家我不好意思說。
孔雀	他那麼活潑，怎麼會還有需要改變的缺點呢？
綿羊	就是說呀！咩。（羊叫聲）
白貓	好恐怖喔！你這次反應怎麼這麼快呀！好恐怖喔！
長頸鹿	吵死了，這有什麼好大驚小怪的。
黑貓	咳……被你們吵得我不太想睡了。
枯樹	對了，之前就是精靈姐妹將帽子掛在我的樹枝上面，原來是這樣子的啊。
浣熊	那我也要戴一戴帽子，帽子呢？
枯樹	我也不知道耶。
貓頭鷹	一定是你們把太多的東西放到樹上面，才會不知道現在帽子被壓在什麼地方。
孔雀	（哭泣）那該怎麼辦？我也好想戴帽子喔。
綿羊	我也想試試看，看我能不能反應不要再那麼慢了。
白貓	我能不能也試試看……會不會有危險啊？
長頸鹿	神氣什麼！聖誕帽。
浣熊	好想戴戴看喔。
貓頭鷹	我看還是找精靈姐妹出來問一問比較快，（嘶吼）精靈姐妹！
動物們	（吵鬧地）精靈姐妹！

△輕快音樂進，精靈姐妹隨著音樂跳著舞出場。

精靈姐姐	不用說那麼多了。
精靈妹妹	我知道你們一定是很想看我們跳舞，才找我們出來的對不對！
長頸鹿	能不能報警把他們帶走。
浣熊	我們找你們姐妹倆出來，是想麻煩你們一件事情。
精靈姐姐	不用說那麼多了。
精靈妹妹	我知道你們一定是很想看我們跳舞，才找我們出來的對不對！
黑貓	（痛苦難耐的樣子）可以直接把她們人道毀滅嗎？
白貓	什麼毀滅？什麼毀滅？好可怕喔！
長頸鹿	不管了！公平一點投票表決，贊成把她們姐妹倆毀滅的請舉手。

△所有的動物們都舉手了，土撥鼠也走進來舉手，只剩下枯樹沒有舉手，所有動
　物們的眼睛都望著枯樹。

枯樹	（緩緩的將手舉起）我……要……大……便。
動物們	（七嘴八舌討論起來）大便，不是吧！樹會大便嗎？怎麼大便啊？你有帶衛生紙嗎？

△精靈姐妹倆用手捏著鼻子，像罰站一樣一動也不動，聖誕老公公衝了進來。

聖誕老公公	不要再鬧了，時間快來不及了！我的聖誕帽呢？沒有帽子我不知道要去哪裡送禮物給這世界上的小朋友們呀！
浣熊	問她們姐妹倆吧！帽子是她們掛上去的。
精靈姐姐	想要問我們可以。
精靈妹妹	但是我們現在很想跳舞。
精靈姐姐	假如現場的小朋友們可以跟我們一起跳舞的話。
精靈妹妹	那我們就破例一次把帽子找出來給你們。
貓頭鷹	現場的小朋友們！你們願不願意幫助我們還有聖誕老公公把帽子找出來呢？

△動物們邀請觀眾席上的小朋友們，一起上台跳舞。音樂進，由精靈姐妹示範簡

單的舞蹈動作，帶著孩子們做一次。

浣熊　　　　好，那麼小朋友們，我們就跟著精靈姐妹，還有我們一起跳舞好
　　　　　　不好？

聖誕老公公　好，那我們快開始吧！

△精靈姐妹帶著小朋友一起跳著舞，跳完舞之後照顧著每一位小朋友下台並謝謝
　他們。

聖誕老公公　好了，跳玩舞了，你們趕快說出聖誕帽在哪裡吧！

△精靈姐姐陶醉在自己的世界當中。

精靈妹妹　　姐，我們剛剛好像答應他們了。

精靈姐姐　　吼……好煩喔！帽子不就掛在樹上面嗎？（在樹上找了一下）你
　　　　　　看，在這邊呀！

△貓頭鷹將帽子拿下來戴在孔雀頭上，枯樹的表情轉變為憂愁的樣子。

貓頭鷹　　　我們來做個實驗吧！看看會變成什麼樣子。

△轉變的音效進。

孔雀　　　　（緊張）幹嘛戴在我頭上啊！（情緒突然轉變）你在做什麼呀！
　　　　　　咦……哇！我好開心喔！你們大家看看我的樣子是多麼的美麗呀！
　　　　　　真不知道我以前是在難過什麼？每天都只是想到其他的鳥，牠們都
　　　　　　可以自由自在地在天空中飛翔，好羨慕牠們；可是，現在我才發
　　　　　　現，原來我是多麼的美，多麼的漂亮！根本沒有一之鳥可以比得上
　　　　　　我，特別是雞，那麼胖又不會飛，人家我可是漂亮多了呢！

動物們　　　（七嘴八舌）有沒有這麼神奇？好厲害喔！孔雀他不是一直都在哭
　　　　　　嗎？怎麼會變化這麼大？

土撥鼠　　　（將帽子搶過來戴）我來試試看。

孔雀　　　　（又轉變成哭泣）你為什麼要搶人家頭上戴的帽子啦！嗚～嗚～嗚～。

△轉變的音效進。

土撥鼠　　　Ya！突然間，我感覺到心情整個放鬆愉快耶～想到好多事情，想做就好好去做，也不用害怕跟人家比較，常常我都覺得浣熊比我活潑、人緣比我好，我也只是想跟大家玩在一起，原來跟大家玩在一起不用想這麼多呀！放輕鬆就好啦！

精靈姐姐　　好像真的很神奇！

精靈妹妹　　這垃圾好奇怪？我來試試看白貓，嘿嘿嘿！

△精靈妹妹將聖誕帽從土撥鼠頭上摘下來，精靈姐妹將帽子戴在白貓頭上。

聖誕老公公　你們要小心一點，不要把我的帽子給弄壞了！

精靈姐姐　　什麼你的我的他的帽子，哈哈哈。

白貓　　　　（驚恐）你們在做什麼呀！

△轉變的音效進。

白貓　　　　各位小朋友們大家好！我就是世界的救星、民族的英雄、一隻小白貓，一隻天不怕地不怕的小白貓！每天都固定在幾個森林裡面走來走去，跟大象、老虎、獅子作戰，我都可以飛快的閃躲開來，搞得牠們團團轉，我是一隻天不怕地不怕的小白貓！

△所有動物們因為不能忍受白貓突然轉變這麼大，動物們嘲笑著白貓，唯獨綿羊沒有取笑白貓。

白貓　　　　你們這些不瞭解我的，真是拿你們沒辦法，還是綿羊跟我比較好，不會笑我，而且跟我一樣是白色的，綿羊，我決定要跟你當好朋友了，來，好東西要跟好朋友分享，帽子也借你戴戴看。

△轉變的音效進。

| 綿羊 | 咩咩咩～（在舞台上四處竄來竄去）沒錯！我就是反應快的嚇死人的小綿羊，咩咩咩，戴上這頂帽子，雖然跟我的顏色一點都不搭配，但，我還是感覺不錯！我有個好身材，可愛的捲毛造型，最特別的是我有很好的脾氣呢！（勾著白貓的肩）貓，你對我說的話我都聽見了，以後我們就是好朋友了。 |

白貓	好可怕喔！你怎麼反應變得這麼快呀！
聖誕老公公	你們是不是應該將帽子還給我了！
精靈姐姐	不行。
精靈妹妹	我們也要試試看。
動物們	（爭吵著）我們也要試試看，我也要，我也要。

△轉變的音效進，所有動物們跟精靈姐妹搶帽子搶成一團，貓頭鷹搶到聖誕帽。

| 貓頭鷹 | 我是個有智慧的貓頭鷹，不過呢？我就是因為有一顆好的頭腦，所以我更應該好好的讀書來充實自己，這樣我才可以朝我的夢想前進，當個好老師，跟大家一起分享知識。 |

△轉變的音效進，黑貓搶到聖誕帽。

| 黑貓 | 哇！突然覺得自己浪費了好多時間都在睡覺，我應該要好好利用時間，不然每天都不知道自己在做什麼？一點回憶都沒有，雖然覺得自己睡覺的樣子很優雅，可是，每天都可以睡覺呀！ |

△轉變的音效進。長頸鹿搶到聖誕帽。

| 長頸鹿 | 我覺得自己好像太驕傲了，也太自私了點，自己以為比較高就很了不起！其實，我也在你們身上發現了好多優點，自己都辦不到，以後我想要好好的跟你們一起學習！ |

△轉變的音效進。精靈姐妹搶到聖誕帽，兩個人將頭靠在一起。

精靈姐姐	妹，你會不會覺得我們根本沒有缺點，不，是太調皮搗蛋了，這樣好像會帶給很多人煩惱耶。
精靈妹妹	嗯，我也有這種感覺，雖然很快樂，但好像太超過了，感覺我們這樣好像在欺負人一樣，只想著自己要做什麼。

△轉變的音效進。浣熊搶到聖誕帽。

浣熊	雖然我的樣子很活潑，其實很多時候都是我自己裝出來的，我也跟土撥鼠一樣害怕沒有朋友，現在我可以感覺到，原來要交朋友，只要用心好好相處，把心裡面的話說出來，就像我們現在這樣，就可以成為好朋友啦！好開心唷！
枯樹	（大聲）等一下！我們是不是該將帽子還給聖誕老公公了，你們不覺得他不戴帽子的模樣非常奇怪嗎？還給他吧！剛剛聽到你們說那麼多，我心裡也就舒服多了，我想是我自己給自己，太多沒有必要的煩惱了！好像在為你們耽心些什麼？也擔心自己什麼？原來我們這樣一起分享，把心裡面的話說出來分享，是這麼樣開心的！
精靈姐姐	可是帽子還給他之後，我們就沒有帽子了呀！
精靈妹妹	對呀！那怎麼辦？
長頸鹿	我覺得大樹說得好棒喔！
孔雀	我也這麼認為，雖然我也很想要有這頂帽子。
綿羊	我也是覺得大樹講得很好，像我很遲鈍，其實很多事情我都不會像他這樣煩惱，我只是比較在意大家的眼光，怕你們笑我遲鈍，其實我還挺喜歡我自己這樣子的，不用什麼事情都那麼急，慢慢來也不錯呀！
動物們	（七嘴八舌討論著）要還給他嗎？還是我們乾脆這樣好了。
貓頭鷹	大家不要再討論了，還是問問看底下的小朋友們；小朋友們，你們認為我們應該要還給聖誕老公公帽子嗎？（讓小朋友們回答）應該要還給他喔！好。
浣熊	小朋友們說得好有道理喔！我也覺得其時剛剛大家戴帽子的時候，都已經知道自己的優點跟缺點啦！這是每個人都會有的嘛，我們也會漸漸學習成長，改變呀！
精靈姐姐	嗯，有時候太完美也不好耶。

精靈妹妹	就是要有些缺點才比較可愛嘛，哈哈。
枯樹	那，我們把帽子還給聖誕老公公吧！

△貓頭鷹將帽子拿來還給聖誕老公公。

聖誕老公公	太好了！帽子終於拿回來了，這樣子我就可以到全世界去發禮物給小朋友囉！我先來去檢查一下，看看有沒有禮物還沒準備好的。

△聖誕老公公轉身要離開，白貓跑出來。

白貓	（鼓起勇氣）等一下！
聖誕老公公	（轉身）怎麼啦？唔，小白貓，你有什麼事嗎？
白貓	我……我，我想知道你怎麼有那頂帽子，在哪裡買的呀？
聖誕老公公	這頂帽子呀！是免費的，你也想要嗎？如果你想要的話，我就送給你。土撥鼠，麻煩你幫我把禮物拿出來一起送給大家。
動物們	（興奮）哇！好期待喔！真希望有自己的聖誕帽，真的假的，我們也可以有聖誕帽。
聖誕老公公	拿去吧！送給你們一人一頂，不要搶喔！戴上這頂帽子之後，是不是更了解自己了呢？我看見你們也學習成長了好多，其實不管你們有多少缺點，我都還是超級愛你們的，因為你們在我眼裡都是最特別的喔！小朋友們！你們也想不想要聖誕帽呀？
精靈姊妹	（齊聲）哇，有這麼多聖誕帽，那我們可以送給小朋友囉！
聖誕老公公	當然可以，我們一起去送小朋友聖誕帽吧！出發，不要搶喔！小朋友我們來了！

△歡樂的音樂進。

遺失的美好

編劇：謝鴻文

人物：

楊建國
宗偉華
許自強
尚小雲
主持人
撿場
服務生
不同年紀路人　約莫4～6人
駐唱歌手（因劇情需要與主持人、服務生同一人扮演）

第一場　在喜宴重逢

△結婚進行曲音樂進。

△播放一段婚紗攝影。

△音樂轉換，影像淡出（或停格）。場上的一張圓桌，楊建國、宗偉華和許自強
　陸續入座。

楊建國　自強，好久不見啦！什麼時候回台灣的？

許自強　回來一年了。

楊建國　回來怎麼都沒聯絡，太不夠意思了！

宗偉華　（不等自強回答，先插話）那得怪你手機門號一直改，而且你又是個大
　　　　忙人，連我也常常找不到你。

楊建國　一直換手機門號也不是我故意的，誰叫我那麼倒楣，手機弄丟兩次，被
　　　　偷兩次。你既然知道自強回來了，怎麼不通知我一聲？

許自強　好啦，好啦，你們兩個別像小時候一樣愛鬥嘴了，我先敬你們一杯。
　　　　（舉杯先乾）
楊建國　（先幫自強再倒酒，也幫自己倒一杯）對，對，對，你應該先罰三杯。

△楊建國、許自強互乾了一杯。宗偉華隨後加入。
△主持人造型誇張的出現，手裡拿了一個杯子，杯子裡有一條金魚。主持人唱台
　語老歌〈杯底不通飼金魚〉：

　　　　飲啦！杯底不通飼金魚，好漢剖腹來相見；拚一步，爽快慶值錢！
　　　　飲啦！杯底不通飼金魚，興到食酒免揀時；
　　　　情投意合上歡喜，杯底不通飼金魚！
　　　　朋友弟兄無議論，欲哭欲笑據在伊；
　　　　心情鬱卒若無透，等待何時咱的天！
　　　　啊～哈哈哈哈～醉落去！杯底不通飼金魚！

主持人　（情緒亢奮）來賓請掌聲鼓勵！（看台下觀眾，比著某位觀眾）嘿，那
　　　　位穿白衣服的阿伯，我看到了，你沒有鼓掌喔！（轉身回舞台中央）
　　　　我們今天喜宴的表演嘉賓莉莉因為她的車在苗栗三義爆胎了，輪胎剩三
　　　　粒；露露今天早上吃壞肚子，吃了半罐正露丸都沒效，現在在醫院吊點
　　　　滴；還有菲菲（表情尷尬得不知如何辦下去）……喔，菲菲……她們家
　　　　的菲傭今天早上突然說不做了，飛回菲律賓，然後她得照顧伊阿母，所
　　　　以……今天的演出就由小妹來為您服務，接下來為您帶來一首周璇的
　　　　〈花好月圓〉……

△此時麥克風出狀況，沒有了聲音。

主持人　（往後面邊走邊罵）這主辦單位太不夠意思了，只給我們表演一點點
　　　　錢，器材設備還一直出狀況……（下）
楊建國　小雲她的喜宴怎麼會請這種怪里怪氣的人來表演？
許自強　是啊，有點破壞格調。
宗偉華　自強，說真的，你來參加小雲的喜宴，會不會有一些難過你不是新郎？
許自強　都過去那麼久的事了，我和小雲曾經相愛，雖然分手但不影響朋友情

誼，我今天是帶著百分之百祝福的心來喝喜酒的。

楊建國　（拍自強的肩）好兄弟，你別逞強啊！我感覺的到，你的心裡其實仍有遺憾。

宗偉華　（幫自強倒酒，也幫自己倒一杯，唱）啊──給我一杯忘情水。

許自強　（站起）生命中，有些事該忘，有些事卻是一輩子難忘……

第二場　酒吧裡勾起的回憶

△場上的圓桌換成兩張小桌四張椅子，音樂可以是爵士或其他適合表現酒吧情境的音樂。

△許自強手機響起，他接了手機。

許自強　小雲啊，什麼，你想過來和我們聊聊，那你老公怎麼辦？什麼！他答應讓你過來，今天是你們的新婚之夜……

楊建國　（搶過手機）小雲，我們在和平路100號的「Fun」，不見不散。

△撿場拿著一張看板走入，唸出看板上寫的字：

```
Fun　中文的意思是：娛樂、遊戲、玩笑
```

撿場　（對台下觀眾說）來跟我唸一遍，Fun──放輕鬆的放──Good！（邊飛吻邊走下，與尚小雲對撞，看小雲走到舞台中，轉台語）伊奈腳手這呢快，是用飛耶喔？（下）

△小雲找了位置坐下。

宗偉華　你是用飛來的喔，怎麼這麼快？

尚小雲　我老公是開飛機的嘛！

許自強　真的假的？

尚小雲　當然是──開玩笑的囉！（爽朗大笑）你們還記得嗎？小時候我們一起玩扮家家酒，我說我的志願是當空服員，而自強是機師……

△服務生穿著像空服員般的制服，優雅的走進。

服務生　　（遞上菜單，輕聲細語）小姐您好，請問您要用點什麼？

尚小雲　　（看完菜單，再仔細端詳服務生）小姐，你長得和我喜宴那個主持人好
　　　　　像喔！

服務生　　（裝無辜）因為贊助的錢不夠請更多演員，所以我就要一人分飾多角，
　　　　　（轉台語）真累！（打哈欠垂下頭）

△撿場拿著一罐飲料走入。

撿場　　　你累了嗎，來一罐（轉台語）「黑馬馬」馬力夯，乎你精神百倍啦！
　　　　　（把飲料交給服務生再下）

服務生　　（喝下飲料，立刻又恢復精神）小姐，請問您要用點什麼？

尚小雲　　檸檬冰沙好了。

服務生　　好的，馬上來。（下）

楊建國　　你老公怎麼會讓你出來？

尚小雲　　我老公說他喝醉了，很累了想先睡，所以我就出來了。

許自強　　（扳起臉，嚴肅地）你已經結婚了，不能再像小女孩一樣任性調皮愛
　　　　　玩了。

尚小雲　　別那麼嚴厲嘛！我們幾個人已經很久很久沒有聚在一起好好聊聊了，以
　　　　　後恐怕沒有這種機會了。

楊建國　　想當年我們「四騎士」可是忠貞五村的風雲人物，你，是我們保護的公
　　　　　主；可惜「四騎士」少了一個人，如果慕國慶還活著該有多好，唉──

宗偉華　　剛剛小雲說到小時候玩扮家家酒，當機師的總是自強，但沒想到後來
　　　　　去考空軍，真正成為飛官的是國慶！國慶如果沒有飛機失事，我們今天
　　　　　的聚會就不會有一些遺憾了。

許自強　　你們還記得嗎？小時候我們還常欺負國慶，因為他的臉天生長得像兇惡
　　　　　的壞人，所以我們每次都指派他演萬惡的共匪。

△幾個孩子的O.S：你這個共匪不要逃……
△建國他們四個人一起望向背後。

△背景白幕上開始播放一張張眷村老照片。

△1960或1970年代的美國流行歌曲響起。

△一些不同年紀，穿著那個年代服飾的路人走過舞台。

第三場　捉迷藏遺失的勳章

△背景白幕停格在一張眷村狹窄街道的老照片。

△道具佈景同前場，演員呈現定格不動的姿態。

△歌曲淡出。

許自強　（起身走到舞台前）1971年，10月25日，聯合國第26屆大會於表決重要
　　　　問題代表權程序案時，中華民國以四票之差落敗，周書楷外長發表簡單
　　　　聲明退出聯合國。聲明全文說：參與頓巴敦橡園會談，並以召集國之一
　　　　員發起金山聯合國制憲會議，而成為聯合國創始會員國及安全理事會常
　　　　任理事國之一的中華民國，決定退出他自己所參與締造的聯合國。那一
　　　　年，我們10歲，童年來到一個關口，快要進入青春期，我們似懂非懂的
　　　　接受這個事實，看著眷村的長輩沉浸在哀傷之中，好像中華民國要亡國
　　　　了，好像眷村要毀滅了。（回原座）

宗偉華　（起身走到舞台前）我們都要慢慢長大，慢慢知道這個世界有它殘酷、
　　　　現實的一面，並不是像童話總是有那麼美好的結局。台灣退出聯合國
　　　　的哀傷大約持續一個月，眷村的人們很快又打起精神，把國旗插在屋頂
　　　　上、門口，好像要藉此宣告我們不會被打倒，我們會勇敢的走出困境。
　　　　大家見了面又精神振作起來，日子一如以往的過。（回原座）

楊建國　（起身走到舞台前）我們童年的忠貞五村，我們都認為那真的是世界上
　　　　最和平、最快樂、最幸福的地方。眷村裡的人感情好得都像一家人，雖
　　　　然彼此來自中國大陸不同省份，有不同的口音交會在一起，然而，我們
　　　　卻從來不覺得有溝通障礙，彼此的心都是緊緊的繫在一起。（回原座）

尚小雲　（起身走到舞台前）我們忠貞五村就跟台灣大部分的眷村一樣，是政府
　　　　為1949年後撤退到台灣來的軍人眷屬蓋的。自強家就在我家隔壁，我
　　　　家斜對面是偉華家，巷子口第一家則是建國的家，國慶的家在建國家隔
　　　　壁，雖然我是女生，但是常常和他們混在一起玩，什麼爬樹、躲防空
　　　　洞、騎馬打仗、過五關、打彈珠……，我都和他們玩過，所以我爸常罵

我是：「野Y頭」。（轉身，語氣變年輕些）糟了！國慶被他爸爸抓回去修理了！

△建國他們四個人一起移動到布幕前窺探台後。

許自強　　慕伯伯打得好用力！
宗偉華　　國慶的背流血了，他會不會被打死啊！
楊建國　　我們要不要進去救他？
尚小雲　　（敲建國頭）笨蛋！你要怎麼救？你以為現在還在玩扮家家酒喔！要是
　　　　　我們衝進去，一定被慕伯伯一起修理一頓，他一定會罵我們：（轉外省
　　　　　口音）成天只知道玩，不懂讀書報國，將來怎麼會有出息。

△建國他們四個人垂頭喪氣的回到座位。

許自強　　（起身走到舞台前）慕伯伯是典型的軍人，對子女管教非常嚴格，幾乎
　　　　　是用軍事訓練那一套在管教小孩，連鄰居小孩也是。比方說，我們曾去
　　　　　他家吃過飯，吃飯的時候腰要挺直，屁股只能坐椅子的二分之一，吃東
　　　　　西要一口一口慢慢嚼，不能發出任何聲音，也不能說話。我們知道國慶
　　　　　本性善良，但他還是常常挨打，可是每次他被打得一身傷，他仍然嘻皮
　　　　　笑臉的說：我皮厚不痛不痛！都瘀青一大塊怎麼會不痛？要是在現代，
　　　　　慕伯伯一定會被告家暴。國慶身體確實是我們「四騎士」中最結實強壯
　　　　　的，他人高馬大，小三的時候就已經有170公分，是學校籃球隊隊長，
　　　　　可是有一次他真得差點被慕伯伯打個半死……

△自強拉建國出來，用繩索綁住他的手；然後拿一根竹鞭給偉華，建國角色變成
　模仿國慶，偉華角色變成模仿慕伯伯，偉華打建國的表演改用默劇。

許自強　　（看了一會後嘆氣）唉！那一次，慕伯伯會這麼憤怒，是因為國慶偷偷
　　　　　拿了慕伯伯最心愛的勳章來玩，勳章對一個軍人來說，不僅是一個榮譽
　　　　　的象徵，更是像生命一般重要，我們這些小孩也不是不知道，但小孩總
　　　　　是會好奇，玩心一起就顧不得後果。其實──勳章是那一天玩捉迷藏時
　　　　　被我們搞丟的，到底丟到哪裡去，我們找了很久都沒找到；可是國慶回

家後，他非常講義氣的幫我們頂罪。

△尚小雲角色變成模仿慕伯母，她衝上去保護兒子。

尚小雲　（抱住建國哭喊）住手，不要再打了，這是你的命根子呀！你想把孩子打死，你想要絕子絕孫是不是？

宗偉華　兒子都變成賊了，偷了老子的東西還弄丟，你還護著他。現在不教訓好，以後去搶銀行豈不成了死刑犯，我怎麼對得起國家啊！（憤怒的丟下竹鞭，按著心臟坐下）

許自強　那件事情發生之後，我們都很害怕，卻很不講義氣的不敢去和慕伯伯承認，從此也沒有人會去提起，事情就被刻意遺忘了，日子又恢復平常。國慶仍然是我們「四騎士」的成員，他從來沒有對我們說過一句怨言。

△趁自強在說話同時，其他三人在後面又回到座位上，挨擠著在看漫畫。

楊建國　（招手叫喚）自強，快點來一起看漫畫，最新的《老夫子與大番薯》唷！

△自強走過去坐下。

宗偉華　翻快一點啦！
許自強　慢一點，這一頁我還沒看完。
尚小雲　喂，你們等一下再看啦，國慶還沒來。
楊建國　誰叫他上大號要上那麼久！
尚小雲　你們這樣很不講義氣耶！我去叫他。（下）
宗偉華　我覺得老夫子不好看，我還是喜歡我家那本諸葛四郎的《大鬥雙假面》。喝喝喝──（站起來比了幾個功夫招式）我以後要去少林寺學武功，這樣就可以保護我們眷村所有人了！
楊建國　（放下漫畫，緊張的語氣）你完蛋了，你居然想去中國大陸的嵩山少林寺，那是匪區，你要去投共，如果被警察知道，會把你抓去槍斃的！（手比著槍抵住偉華胸口）
許自強　好了啦，不要鬧了，趕快看下去。

△自強三人的動作轉成默劇。尚小雲戴著球帽、球套和棒球上。

尚小雲　那個時候我們還看過劉興欽的漫畫《阿三哥》、《大嬸婆》、陳定國的《鳳眼美人》、牛哥的《牛伯伯》，再後來日本漫畫也出現了。除了看漫畫，還有一件事也在眷村裡流行起來，那就是打棒球，因為台灣的少棒隊開始在美國威廉波特世界少棒比賽揚眉吐氣，連連奪冠軍，眷村裡有電視的人家裡每到轉播比賽的時候，就會出現一大群人，熱鬧滾滾好像廟會看戲一樣。（轉身丟球給自強，走近他身邊）

楊建國　快點！快點！比賽開始轉播了，來去我家看球賽！（和偉華先衝下）

許自強　你不想去看球賽嗎？

尚小雲　我想跟你一起走。

△自強與小雲一起走下，倆人要下舞台時，又深情的互看彼此一眼。

第四場　美好的味道

△背景白幕停格在一張眷村內部陳設的老照片。（若能呈現廚房或與餐桌飲食有關影像更好）

△道具佈景同前場。

△建國他們四個人分別端著一道眷村料理出來（必須有一樣是山東大餅），放在桌上後坐下。

△音樂是京劇的唱段。播放一小段之後淡出。

尚小雲　（起身走到舞台前）童年的記憶很多事情會隨時間而淡忘，不過，有一個東西卻會像酒，越陳越香，沒錯——就是食物。食物的味道如煙縈繞，一輩子也忘不了的滋味，在我們忠貞五村裡也有不少。（轉身看建國三人）你們看，他們吃得多開心啊！（回原座）

宗偉華　（起身走到舞台前）我們都很喜歡馬大叔做的山東大餅，剛烤出來的山東大餅，甜的有濃濃的奶油香味，鹹的有濃郁的蔥香味，一入口嘴巴就停不下來。（回原座）

楊建國　（起身走到舞台前）馬大叔工作的時候最愛一邊聽京劇了，四郎探母的故事、三國演義借東風的故事，在那個很少童書的年代，聽馬大叔唱戲

前說故事是很享受的事。（以京劇武生的身段回原座）

許自強　　（起身走到舞台前）終身未婚的馬大叔，我最後一次見他時，他跟我
　　　　　說：（轉山東口音）這群小子中俺就喜歡你，真想把你收做義子。（轉
　　　　　回國語）他生前讓我看了他右手臂上的刺青，上面刻著「殺匪拔毛」
　　　　　──我知道，毛指的是毛澤東。那時台灣還沒解嚴，兩岸還沒開放探
　　　　　親，馬大叔哭著說他再也沒機會回老鄉去看他母親了，他手顫抖著拿出
　　　　　老母親的照片給我看，說到一把鼻涕一把眼淚，三天後馬大叔肺病過世
　　　　　了。沒多久我就出國去留學，畢業後又工作了一段時間才回台灣，再也
　　　　　沒吃過山東大餅了。（聲音哽咽，神色哀戚坐在舞台前）

△建國他們三人走過來安慰自強。

尚小雲　　我們的童年故事當然不止這些，如果不是今天這場喜宴後的相聚，很多
　　　　　事也許我們只能埋在心裡，更多的事也許我們就此遺忘。曾經遺失的
　　　　　美好記憶又回來了，但是我們都已不再是小孩，明天的人生我們有更多
　　　　　的挑戰，也許明年我將會生小孩，也許有一天我也會跟他說眷村的童年
　　　　　往事。（握住自強的手）面對明天，只要有勇氣、有愛你的人在身邊陪
　　　　　伴，就像台灣退出聯合國一樣可以再站起來，我們的未來依然可以創造
　　　　　更多的美好與幸福。

楊建國　　快快快，我們去嚐一嚐馬大叔徒弟做的山東大餅，自強一定很久沒吃到
　　　　　這極品美味了吧。

△建國他們四個人一起轉身回座，吃東西聊天等動作又轉為默劇。
△背景白幕影像消失。第二場酒吧裡的音樂又響起。
△仿照1930年代黑人爵士女歌手造型的駐唱歌手走至舞台中央。音樂淡出。

駐唱歌手　謝謝大家今天蒞臨Fun，Do You Have Fun？今天是Alice我第一次登台
　　　　　演出，有一點點緊張，希望大家可以給我掌聲鼓勵鼓勵！接下來為大家
　　　　　獻唱的第一首歌曲是1930年代老上海最有名的女歌手周璇的〈花好月
　　　　　圓〉（大走音的唱出）：浮雲散明月照人來，團圓美滿今朝醉……

△建國他們四個人摀著耳朵下。

駐唱歌手　　（慌張焦急）喂，不要走！我還沒唱完！（追下）

△周璇〈花好月圓〉原聲音樂入。

真的不是我

編劇：李美齡

第一幕　小倩家

△倩媽一面整理東西，一面自言自語。

倩媽　　夭壽，還那麼新的袋子就丟掉了，真討債！可以留起來給小倩用。咦！這雙鞋子還是名牌的！我可以留著穿。

小倩　　媽，我回來了！哇，今天東西好多喔！

倩媽　　對呀，你看這些都好好的就丟掉，真是討債！還有……還有，我剛才有收到好幾件衣服，洗一洗就可以穿了。

小倩　　媽，我去寫功課了。喔！對了，媽媽！老師說現在上音樂課，每一個人都要準備直笛，可是我們家沒有吔！

倩媽　　沒關係，我這幾天資源回收的時候再看看。如果有看到，就幫你帶回來。

小倩　　如果有，就太好了！

倩媽　　小倩，你會不會覺得別人家什麼東西都有，或是有錢去買，我們家什麼都沒有，還要去撿，會不會很自卑？

小倩　　媽，你不要想太多啦！

倩媽　　乖，小倩你真懂事！要不是你爸爸從工地鷹架上摔下來，我們也不用這樣！（聲音哽咽）

小倩　　媽，你忘了嗎？上次我拿回來的書《佐賀的超級阿嬤》，日子再苦，也是要笑著活下去。

倩媽　　對！對！我趕快再出去巡一次看有什麼紙箱可以撿。

小倩　　媽小心走喔！

倩媽　　嗯。

第二幕　學校

小威	哇！芊芊，你又帶了什麼東西來學校？
芊芊	這是我爸爸上星期出國帶回來的糖果，還有這個是我阿姨去迪士尼幫我買的新手錶。
康康	可是你上次不是已經戴了一個也是迪士尼買的嗎？
芊芊	那又不一樣，上次是米妮的，這次是米奇的！
小威	真的耶！這個眼睛還會發亮！
芊芊	這個巧克力，你們一人一顆。
康康	芊芊那我有沒有？
芊芊	好啦，給你啦！
康康	來，小倩，給你。
小倩	芊芊，謝謝。
芊芊	耶！臭康康！誰說要給小倩，她什麼東西都要向別人借，自己都不帶，幹嘛給她？
小倩	對不起，還給你。
芊芊	算了，算了！你還給我，我還不敢吃咧，給你好了！

△小倩頭低低，拿著糖，但是不想吃。

安安	對了，老師上次說要每一個人準備一支直笛，你們買了沒？
小威	買了，你看！我爸帶我到大賣場買，他說小學生不用買太好，不然沒三兩下就壞掉了。
芊芊	才不會呢！我媽說既然要買東西，就買品質好、有品牌的，所以你們看，這是高檔的，一支要上千塊呢！
康康	哇！我摸摸看。
芊芊	不要亂摸啦！等一下被你們弄壞掉。
安安	小倩你有沒有帶？
小倩	沒有，我媽說看這幾天能不能撿到，不然再去資源回收場看有沒有，真的不行，再想辦法。
芊芊	拜託，連這種東西都要等回收的，真是笑死人了！

小威	對呀！小倩你叫你媽去賣場買就好了。
小倩	可是直笛又不會天天用，所以花錢買沒必要。
安安	你們很奇怪耶！你管小倩東西從哪裡來？她家有困難，當然買東西要考慮呀！對不對，小倩？
小倩	謝謝你，安安。
芊芊	你們家就是撿破爛的，你不要偷拿別人的就好了。
安安	芊芊，你嘴巴怎麼這麼壞，小心我告訴老師。
芊芊	告訴老師就告訴老師，反正我都第一名，我媽又是家長會委員，老師才不會怎樣呢！
安安	過份！
小倩	算了啦！
小威	芊芊你剛才的糖很好吃，可不可以再給我一個？
芊芊	好，那你不要跟小倩玩。
小威	沒問題！（對小倩做鬼臉）

第三幕　小倩家

小倩	媽，我回來了。
倩媽	小倩，你怎麼臉臭臭的，心情不好喔？
小倩	不是啦！是那個芊芊，笑人家沒有直笛，連發糖果也故意講我。
倩媽	沒關係，只要我們行得正，做得端，不偷不搶，家裡窮、肚子吃不飽，可是誠實不能少。
小倩	媽，我知道。可是音樂課我沒有直笛，不能吹怎麼辦？
倩媽	對呀！這幾天我也沒看到有人回收直笛的，平常一大堆，真的想要時，還找沒有！
小倩	媽，那我可以買一支直笛嗎？
倩媽	那要多少錢？
小倩	不知道，小威說大賣場就有賣，但是芊芊的比較好。
倩媽	會不會很貴啊？你向同學借來一起用。
小倩	不行啦！上面有別人的口水，大家都不肯借。
倩媽	那好吧！你去拿媽媽的皮包，我帶你去買，記得東西要好好愛惜，不要東放西放，要收好喔！

小倩	媽媽放心，我知道了，我東西會顧好。哇！好棒喔！我也有一支新的直笛了。

第四幕　教室

芊芊	奇怪！我記得明明就有把它放進書包的，怎麼會不見了？小威，是不是你拿我的直笛？
小威	哪有，我自己有，才不會拿你的。
安安	哇，小倩你帶直笛來了，好新喔！
小倩	對呀！是我媽帶我去買的。
芊芊	等一下，我看你這支直笛怎麼跟我的那麼像，小倩你說是不是你偷拿我的直笛，你說！
小倩	哪有！這明明是我媽媽帶我去買的，才不是你的。
芊芊	你媽撿破爛又沒錢，你又多了一支直笛，你一定是拿我的。你是小偷，而且你每次東西都向人借，今天為什麼不用？
小倩	真的不是我！我才不會做小偷，這是我跟媽媽說，直笛上有別人的口水，大家都不肯借，所以媽媽才帶我去買的。
小威	小倩，拿別人的東西，快還給芊芊！
小倩	真的不是我！你們為什麼不相信我？
芊芊	不管！反正我東西不見了，就是你拿的。我要跟老師說。
老師	上課了，怎麼那麼吵？都回座位坐好！
芊芊	老師，小倩偷拿我的直笛。
小倩	不是我！
老師	小倩你說，你有沒有拿別人的東西？
安安	老師，小倩不會拿別人東西。
芊芊	不用問啦！東西在她手上，就是她啦！
老師	有拿就有拿，沒拿就沒拿，還那麼多理由！小倩快把直笛還給芊芊，向她對不起，我們準備上課了！
小倩	老師，我沒有拿，真的不是我！為什麼你們都不相信我？（芊芊一手搶走直笛）
芊芊	做小偷還不承認！
老師	芊芊，東西找到就好，不可以這樣，回座位上課了。

第五幕 小倩家

小倩　（眼眶紅）媽──

倩媽　你又怎麼啦？不是已經帶直笛上學嗎？怎麼還擺著一張臉？

小倩　（快要哭狀）媽媽，我帶直笛去，可是芊芊的直笛不見了，她就說我是小偷，偷拿她的直笛，可是我沒有拿。

倩媽　怎麼會這樣，那老師怎麼說？

小倩　老師叫我道歉，把直笛還給芊芊。不公平，一點都不公平！

倩媽　我知道，你沒有拿，只是我們之前很多東西向別人借，所以他們才會誤會！這個社會本來就很多不公平。沒關係，不要哭了！媽媽等一下再帶你去買一支。

小倩　我又不是小偷，那支本來就是我的，為什麼我要再買一支？不要！

倩媽　小倩乖，你就當沒發生就好了，過了就算了。

小倩　媽媽，可是在學校上課的是我，又不是你們大人，這樣他們真的會以為我是小偷，我不要！

倩媽　小倩……

第六幕 芊芊家

芊芊　小倩當小偷，偷我的直笛，還說不是她，一看就知道是她！奇怪，這是什麼？ㄟ！怎麼會有一支直笛？啊，我想起來了，那天練完直笛就跑去洗澡，所以直笛被壓在椅子縫，怎麼辦？東西找到了，可是我已經說小倩是小偷了，而且如果我去向她說對不起，那多丟臉！我可不要！可是這樣好不好啊？管他的，不想了！到時候再看，誰叫她買的跟我一樣。

第七幕 教室

康康　小倩來了，眼睛還紅紅的！

小威　小偷來了，我們東西收好，不然等一下又有東西不見！

安安　你們怎麼這樣？小倩早！

小威　安安，你要跟小倩玩，到時候東西不見，你就活該！

小倩	安安早！（聽到同學說話，默默回座位）
安安	小倩，你不要理他們那些臭男生，你要去哪裡？（小倩走出教室）
小倩	大家都說我是小偷，可是真的不是我。我不想進教室上課，連老師也誤會我，為什麼他們不能聽我說？媽媽還叫我忍耐，可是被叫小偷真的很不舒服。（主任走過來）
主任	咦，小倩，早自習了。怎麼不進教室上課？你看起來無精打采的。
小倩	主任，我昨天被同學說我是小偷，可是我沒有。現在大家一看到我就收東西，怕我偷拿，我一點都不想進教室。
主任	沒關係，小倩。這件事情主任會再和你們老師談，查查看是怎麼樣，不要難過了！在外面晃不好喔！先進教室喔！
小倩	主任，是不是有錢人的小孩、功課好的小孩，就可以講話比較大聲，老師比較疼他？
主任	你怎麼這麼想呢？大家都是一樣的。乖，這件事情我會再查，先進教室！以後有什麼事就來找主任，不要在外面晃。
小倩	謝謝主任。
主任	現在的孩子，心思越來越多了！（小倩回教室）
芊芊	小倩你來，我有話跟你說。（把小倩拉到一邊）
小倩	做什麼？直笛已經被你拿走了，你還要幹嘛？
芊芊	我跟你說喔！你不能跟別人講，不然我不跟你好。昨天我的直笛找到了，你的還給你，可是你不能說我的直笛是忘在家裡！
小倩	那大家不是會說我是小偷？
芊芊	沒關係啦！反正我以後有東西就分你嘛！
小倩	可是昨天連老師也以為是我拿的，現在明明找到了，為什麼我還要被叫做小偷？
芊芊	喔，你很煩耶！不然你要大家笑我亂誣賴人喔？
小倩	本來就是啊！
芊芊	那誰叫你要買跟我一樣的直笛，好啦！沒關係啦！（老師進來）
老師	你們兩個站在門口，不進教室做什麼？手上拿什麼？
小倩	老師，直笛。
老師	不是找到就好嗎？還在做什麼？
芊芊	不准講！
老師	什麼不准講？說！

小倩	老師，芊芊的直笛是忘在家裡，沒帶到學校！她看到我的跟他很像，才以為我拿她的。
老師	芊芊，是不是這樣？
芊芊	（吐舌頭）我又不是故意的，人家很急呀！才以為是小倩偷的……對不起嘛！
老師	芊芊，你看，連我也以為小倩……小倩，對不起！
主任	王老師，小倩的事我聽說了，不知道現在如何處理？
老師	誤會一場！誤會一場！
主任	事情可大可小，在孩子的心裡可是受了很大的傷，下次這種事情一定要查清楚，不然孩子來學校受教育，反而帶了傷回家，一定不好過喔！
老師	是！是！是！主任，我知道了。這件事情我會在班上做一次澄清，也會打電話向家長說明。真是的，我太過於武斷了！小倩，老師真的太疏忽了。小倩，對不起！
小倩	老師，沒關係啦！反正真的不是我，我當然不怕啊！
芊芊	對不起！
老師	嗯！
芊芊	（哭著鞠躬）對——不——起！
安安	太好了，小倩你沒事了！
小威	哎，我還以為，我以後可以學柯南，來抓小偷。
康康	你別找罵挨了！

曾經

編劇：李美齡

第一幕　放學

小潔	喂！媽我下課了，等一下我直接去補習班。嗯！我會買東西吃啦，好，掰掰！
安安	小潔，你下課還要打電話跟你媽報告喔！
大頭	對啊！放學就回家了，幹嘛還上補習班，上一天課不累喔！我爸都說上課認真聽就好了，花什麼錢上補習班。
安安	那是因為你爸知道你的成績就算補習也補不回來，所以不用補，現在誰沒有補習？
茜茜	大人叫我們補，我們也沒辦法，還說不補習就跟不上。
大頭	我看是越補越大洞。
小潔	所以放學才要去補習班，而且我沒打電話給我媽，她一定會打去查我到了沒，等一下我沒去，被她捉到不是更慘！
偉偉	厚！原來你是騙你老媽的！
小潔	噓！這種事不用那麼大聲。
偉偉	那你不去補習要去那裡？
茜茜	要你管，你管那麼多幹嘛！
小潔	我跟網友約在麥當勞。
安安	亡友？阿彌陀佛，你要跟死掉的朋友見面，太可怕了，施主你要三思。
小潔	安安，什麼亡友，是網友！我們已經MSN一個月了，他長得很像趙又廷耶！
大頭	他搞不好是想要騙你出來，到時把你怎樣，嘿—嘿—嘿—，我看你不要去比較好。
偉偉	什麼不要去，要去！

大家	喂！
偉偉	我是說我們陪你一起去，我看看有那個人可以比得上我——宇宙超級無敵大帥哥——楊名偉！
大家	嘔！
小潔	不要啦！人家第一次和他見面，你們去很奇怪耶！
茜茜	小潔，那你要小心一點，手機要開著，如果有什麼事，趕緊打電話。
偉偉	對！我會馬上衝過去，用我的抓奶龍爪手，抓到他叫救命。
安安	你少變態了，抓什麼抓！
大頭	我要回家了，我們家都等我一起吃飯。
大家	哇！大頭你好幸福，不用補習，一回家就有飯吃。
小潔	我也要走了，茜茜，等一下你跟阿光老師說我那個來，不舒服，先回家了。
偉偉	那個來這麼好用喔！這樣老師就相信喔，太好騙了吧！
茜茜	不然你去試試看啊！
偉偉	ㄘㄟ！
大家	哈哈哈！

···

第二幕　安安家

···

安安	阿公我回來了，ㄟ，爸爸還沒回來啊！
阿尼	先生說要開會，小姐你先吃飯。
安安	阿公吃飽沒？
阿尼	阿公不要吃，要等先生一起吃。
安安	阿公你怎麼不吃飯？
阿公	我不要吃！
安安	這樣會肚子餓。
阿公	我不餓，沒做事吃什麼飯，整天叫那個黑黑的推來推去，叫她回去。
阿尼	小姐，阿公說什麼？
安安	沒有啦！你不要理阿公。
阿公	阿尼是爸爸請回來照顧你的，我們要上班、上學，所以才要她來幫忙。
阿公	我看是嫌我沒用，我要回老家。
安安	阿公你不要生氣，等一下血壓又高了。

阿尼	你看下面！（尿流出來）
安安	阿公，你怎麼沒包尿片？
阿尼	阿公不肯包，我一包他就打我。
阿公	包那個做什麼？要死不會動才要包那個！
阿尼	阿公，我帶你去換褲子。
安安	我來擦地板。
阿公	我不要去，我要回家。
安安	阿公，不要生氣，等爸爸回來，你再跟他說。（爸媽進場）
安爸	安安，今天這麼乖擦地板。
安媽	功課寫好沒？
安安	阿公尿褲子了。
安爸	為什麼？他不是有包尿片嗎？
安媽	你看，你看，我就說送安養院吧！
安安	阿公不肯包，還罵阿尼，所以才會尿出來。
安爸	怎麼會這樣，真是的！
安媽	你弟弟、妹妹都可以不管爸，你就非要把他接回來，現在你看連小孩都不能好好讀書！
安爸	爸，你怎麼又不包尿片！這樣我們很麻煩！
安安	爸爸，沒關係，擦掉就好了。
阿公	你小時候我也是這樣幫你把屎把尿，你現在嫌我老！
安爸	那是以前，現在不一樣了。
安媽	你問他現在是要怎樣，是要配合包尿片，還是送安養院，不然好好一間房子整天都臭屎臭尿的！
安爸	好了，你少說一句。
安媽	不是啊！你看！
安安	媽，你不要說話好不好？
安媽	好！好！你們都叫我不要說，也不想一想剛開始是誰在醫院照顧爸的，有誰跟我輪，你那些弟弟、妹妹，看一看就說：「大嫂辛苦了，爸麻煩你！」然後拍拍屁股就走人，我就是笨，想說做給孩子看──結果，你看，搞到我們家這樣，好！我不管了！（進房間）
安安	媽，爸不是那個意思啦！
安爸	煩死了！

阿公	好啦！養你們這些沒效！

第三幕　小潔家

小潔	每天補習，回家又沒人，只會盯我的功課，真搞不懂大人到底在想什麼？對了趁婆婆還沒回來先上網。……你在線上嗎？
趙又停	嗨！你今天怎麼這麼慢才上線？
小潔	今天數學考不好被老師留。
趙又停	ㄏㄏ沒關係，我的數學也很爛。
小潔	可是你不會被罵ㄚ！我婆會一直唸一直唸，說什麼以後沒好高中就會沒好大學也嫁不到好老公，嫁不到就不要結婚嘛！反正現在很多結婚也會離婚，緊張什麼。
趙又停	那你嫁我好了，我又不嫌你ㄛ！老婆！
小潔	討厭！
趙又停	反正我們線上聊這麼久，好啦就這麼說定了，老婆，以後要叫我老公。
小潔	老公！我婆回來了，我要下線了。
趙又停	老婆掰掰！啵！
潔婆	功課做完沒，明天考什麼？今天的成績呢？
小潔	今天只有國習，明天考英文單字。
潔婆	今天考試成績呢？
小潔	數學51、歷史47。
潔婆	你是怎麼考的？兩科合起來不到100，你媽花錢給你補習，你當成去郊遊啊！
小潔	那數學有2題不會寫。
潔婆	2題不會寫，也不會只有51分，你到底在做什麼，我看一星期四天不夠，要再加到七天，我再打電話跟補習班講，搞什麼嘛！
小潔	婆，四天很多勒！
潔婆	很多就不會這種成績，給我補七天，這家沒有就換家補習班。
小潔	喔！
潔婆	喂！你有空要打電話關心小孩，你知不知道她這次考多爛，什麼沒關係！什麼我要求太多！你搞清楚你是她媽，你們夫妻離婚我這外婆還幫你顧小孩，我不要小潔以後像她爸一樣。

第四幕　放學

大頭	耶！下課了！
安安	唉！
小潔	唉！
茜茜	你們兩幹嘛唉聲嘆氣？
安安	我回家又要看我阿公和我爸媽在那鬥。
大家	為什麼？
安安	阿公覺得大家都不要他，把他丟給外勞，其實我們都沒有這樣想，是他自己想太多了！
偉偉	那把他送去安養院啊！
安安	不行啦！我爸才不肯，他說阿公只是跌斷腿行動不方便，以後我們都會老，不可以不管阿公！
大頭	那你阿公還那麼愛生氣！
茜茜	我都沒有看過阿公阿嬤。
偉偉	不然把安安阿公送給你。
安安	神經！你以為是東西可以送來送去喔！
大頭	那以後我們有空就去你家，我們陪你阿公聊天，叫你家外勞煮東西給我們吃，不就好了。
茜茜	你就想到吃！
安安	這點子不錯！
偉偉	沒想到豬也會動腦。
大頭	知道我的厲害吧！
小潔	唉！家裡有人吵至少比我家好。
大頭	你又幹嘛？
小潔	我爸媽離婚，我跟外婆住，她整天忙公司的事，放假回家只會睡覺問功課，我打電話給我爸，她還會罵說：「你找他幹什麼？他都再結婚了，不准打！」其實是我媽太強悍，我看我爸和阿姨很好，阿姨還叫我爸不要給我壓力，放假接我過去玩。
偉偉	好好，那你就兩個媽囉！
小潔	一個。一個是阿姨。

大頭	都一樣啦！過生日可以過2次，買東西也可以要2份。
小潔	對！連補習也補2遍。
偉偉	不會吧！
小潔	你以為這樣很好？每次一有什麼事情我爸跟我媽就開始吵，還以為我們小孩什麼都不知道，不然就是說，你要跟誰，其實跟誰不是都一樣，反正都不要我了管我跟誰，真不知道大人在想什麼？
茜茜	你不要這樣啦！你還有我們呀！
大頭	對呀！小潔你心情不好，可以跟我講，我會給你抱抱、惜惜。
小潔	惜你的大頭鬼！才不用找你，我跟趙又停講就好了！
偉偉	你真的跟那個網友，ㄟ，這不太好吧！
小潔	我又沒有怎樣。
茜茜	他長得帥不帥？住那裡？哪個學校？
小潔	茜茜，你問那麼多好像我媽。
茜茜	我是關心你，快說！
大頭	小心，不要被騙就後悔。
小潔	烏鴉嘴。

第五幕　小潔家

小潔	婆婆去開同學會，回家都沒人，管他的先上網。
趙又停	honey小寶貝，想我嗎？
小潔	嗯！
趙又停	你想出來嗎？我在m等你。
小潔	可是……
趙又停	別可是了，你家又沒人，不然我去你家。
小潔	不行啦！被我婆婆知道會被罵死，不然我現在出去，等一下就回來，這樣不會有人知道。
趙又停	那我等你喔！
小潔	你們大人都不在家，為什麼我就要乖乖在家，我出去一下就回來啦！（出門）
潔婆	小潔，婆買肉羹回來了，快出來吃，咦？怎麼沒聲音是不是睡著？還是人不舒服？

人怎麼不見了？要怎麼跟她媽交代？（撥手機）連手機也沒接，到底跑哪去？喂！小潔有沒有打電話給你？我回來沒看到人，手機也沒接，你打電話給她爸看小潔有沒有跟他聯絡？

潔媽　媽，還是沒回來？

潔婆　會不會我真的管她太嚴，她受不了跑掉？

潔媽　媽你不要想太多，是我不好，跟大軍離婚，還把小潔托你照顧，本來是想說跟你做伴，現在這樣，我看我要把她帶在身邊。

潔爸　媽，正雯，小潔有聯絡了嗎？要不要報警？

潔媽　警察要24小時才受理，怎麼辦她會跑那裡去？

潔爸　你不要緊張，應該不會有事。

阿姨　你們有沒有她同學的通訊錄或是即時通？

潔婆　沒有耶！不過我知道她常在電腦前面打東西。

阿姨　我幫忙看看，（打電腦）有了！有一個叫趙又停的約小潔在附近的m見面。

潔媽　那我們快點到m找找，謝謝你！

第六幕　安安家

安安　阿公，我跟你講，我們老師說要生涯檔案，要問我們的根在那裡？從哪裡來？

阿公　啥麼根那裡來？

安安　不是啦！阿公，是我們以前的祖先。

阿公　喔！我們從大陸來，阿公是第十八代，你爸爸是第十九代，你爸爸小時後很難帶，半夜不睡覺又淺腹，喝奶就吐，我常常跟你阿嬤兩個人輪流抱，抱到睡著一放到床上又醒了，又開始哭。

安安　蛤！那不是都不能睡！

阿公　對呀！我跟你阿嬤給他弄得快氣死，不過一看到他睡著的臉又捨不得了。

安安　還有勒？（安爸安媽進）

阿公　你爸爸很皮又愛做弄別人，有一次爬到芭樂樹上摘芭樂，從樹上跌下來，腿跌斷了，一直哭，我聽到了就抱著去醫院，一路上又攔不到車子，血一直流，阿公心裡就一直唸阿彌陀佛求菩薩保佑，好家在，醫生有把他弄好，不然一輩子都要長短腳。

安安	阿公，你好厲害，爸爸還好有你！
安爸	爸！
安安	哇！爸，原來你小時候那麼皮！
安爸	阿公今天沒說，我早就忘了，爸，以前我真的惹很多麻煩。
阿公	屋簷水點點對，撫養你們是我應該做的。
安爸	我平常上班沒空好好陪你，今天陪你好好喝兩杯。
安媽	不行啦！血壓高怎麼辦？
安安	媽，別緊張，你忘了爸爸是醫生，而且我們老師說「樹欲靜而風不止，子欲養而親不待」，行孝要趁早！
安爸	看來我還輸給小孩子，好，好，擺碗筷我們吃飯了！

第七幕　M

趙又停	老婆，來，我幫你點可樂了。
小潔	謝謝，我不能出來太久，等一下就要回去了。
趙又停	蛤，我還想跟你好好聊聊。
小潔	我婆婆很兇，她要是知道我和你出來我一定會被揍！
趙又停	哇！現在還有人敢打小孩，你不會打113家暴專線？
小潔	不行！她是我外婆，怎麼可以告她！
趙又停	她那麼愛管你，去那裡都怕她知道，她知不知道我？
小潔	還不知道，（電話鈴響）等一下，我婆打電話來了。
趙又停	不要接，不然你一定會被罵。
小潔	不知道她有什麼事又打來了？
趙又停	不要接讓它響就好了！
小潔	怎麼辦？婆一定發現我不在家，我媽打來了，完了！
趙又停	她們又不知道你去那裡，你就說逛書店沒聽到。
小潔	對耶！這樣就不會被罵！
潔爸、媽、婆、阿姨	小潔！
潔媽	你給我過來！
潔婆	你這個臭小子，居然敢拐我們家小潔，看我不打死你！
潔爸	媽，不要生氣了！
阿姨	小潔，快點跟媽媽、婆婆對不起！

小潔　　婆對不起！

潔婆　　是不是婆逼你逼太緊、太兇？婆以後不會再逼你，你不要一聲不吭的跑
　　　　出去。

潔媽　　小潔，媽跟爸爸曾經很好，因為生活環境和工作不同，雖然離婚但是我
　　　　們沒有不管你，還是很關心你，我知道你會不高興，以後我會盡量把工
　　　　作時間減少，多陪你。

小潔　　媽，你跟爸爸都是我最親的人，每次放學看別人可以趕回家吃飯，還是
　　　　媽媽接去補習，我好羨慕，但是我知道對你們來說很難，所以才會在網
　　　　路上和別人聊天才會快樂一些。

潔媽　　你沒有跟他怎樣吧！

小潔　　媽，你想太多了，我沒那麼笨！

趙又停　婆婆、叔叔、阿姨對不起，我沒有對小潔怎樣，我們只是單純的朋友，
　　　　因為她常一個人在家沒人聊天很孤單，我很同情她，所以⋯⋯

潔爸　　沒事就好，我們回家吧！

阿姨　　小潔網路上虛擬的世界很棒，但不要太著迷！

小潔　　阿姨，謝謝！

潔婆　　今天要不是阿姨，我還不知道你在哪裡？

小潔　　哇！阿姨你不就是名偵探柯南。

潔媽　　你還敢講。

白賊八

編劇：李美齡

第一場

白賊八　嘿！嘿！嘿！我就是頂港有名聲，下港最出名，什麼東西只要我喜歡，都可以騙到手，一天不騙人，就會全身不舒服。我爸爸會騙人，媽媽會騙人，哥哥會騙人，連我家的佣人也會騙人，出門買菜都不用帶錢就可以把肉、菜帶回家喔！我哥哥叫做白賊七，我比哥哥會騙人，所以我叫做白賊八，看看今天有什麼事情可以來騙人，有了！

八婆　親愛的，你又在做什麼，想到什麼啦？

白賊八　喔！忘了跟各位講，這是我老婆，你們看她是不是長得很漂亮，又有氣質（嗯，我又在騙人了！）老婆我告訴你，我又想到一個點子啦！現在景氣不好，工作又難找，考公家機關當老師，當校長又考不到，所以啊！我告訴你（拉老婆過來咬耳朵……嘰嘰嚓嚓）

八婆　蛤，這樣好嗎？這樣會被抓去關。

白賊八　你怎麼這麼老實，我要是不騙人，你手上的鑽戒，戴的項鍊，拿的名牌包，是從哪裡來的，當然就是騙來的，走！走！走！快去準備，騙越多，賺越多！

八婆　好啦，好啦！為了我的名牌——LV、GUCCI、PRADA、香奈兒——我來了！

第二場

膽固醇　大大的肚子我最愛，愛吃零食的小孩我也愛，只要被我黏到你，我就會一輩子死心塌地纏著你，愛著你，我是膽固醇妹，現在人有三高：血壓高，血糖高，脂肪高（看到張君雅）

放送頭　張君雅小妹妹，張君雅小妹妹，你兜ㄟ泡麵已經煮好啊！你阿嬤限你一分鐘趕緊回去吃，哪無麵爛去概不負責。

張君雅　阿嬤又來了，又要人家一分鐘跑回家，現在已經換新產品，好好吃的麵喔，我捏，我搖，我用力搖，嗯！真好吃！媽媽說我一直吃，快要變成小胖子了，學校老師還叫我參加減重班，其實我哪裡胖，我一點都不胖，要是在古時候，我還是人家搶著要的楊貴妃，你幹嘛一直跟著我？

膽固醇　我就是要一輩子黏著你。（跑下台）

白賊八　先撥這個電話，等一下我就可以發財了，嗯，有人接了，媽媽，我被人綁架了，你快拿200萬來救我啦，嗚……（偷笑）

寶寶　　喂，我是寶寶，你是誰啊？你是騙人的公司，不要再騙人啦！我媽咪每天只給我五塊錢，如果你把我的錢騙走的話，我就沒有錢買糖果了，趕快好好去工作，不要再騙人了，才不會被警察抓走，要乖喔！

白賊八　×××××（×）啊！多一個×，收回去，現在的小孩子，真難騙，還叫我要好好工作，他不知道騙人也很辛苦，要動頭腦才想得到如何騙人，再找下一個。

白賊八　老婆我看這樣子打電話太慢了，我們還是擺個攤子比較快。

八婆　　喔！我趕快去準備

白賊八　來！來！來！緊來緊看，慢來減看一半（台語），現在我手上拿的是宇宙超級無敵塑身衣，只要一穿上，包準你身上的三層肉，五花肉，蝴蝶袖通通都不見，馬上變得窈窕美麗，曲線玲瓏有緻，小姐，小姐，你等一下。

塑身衣　做什麼？

白賊八　哇！你長得這麼漂亮，可是肚肚的肉肉，一定讓你很煩惱，只要穿上我這件宇宙超級無敵塑身衣，包準男生愛死你！女生恨死你！

塑身衣　真的嗎？只要穿上就有效？

白賊八　當然了，你看我像會騙人嗎？老婆出來，給她看。

八婆　　你看我本來這麼胖，現在這樣，而且每天穿，每天瘦，哎唷，又瘦了！

塑身衣　真的有這麼好，我從一出生就胖到現在，大家都叫我小胖妹，減肥的東西不知道用過多少了，可是都沒有效。

白賊八　今天遇到我也算是有緣，來，這一件本來要二萬塊，可是現在不用，一萬，不用！我們交個朋友好啦，打你八折只要八千塊，別人可是沒有這種價錢！後面還有一堆人在排隊。

八婆	老公會了錢。
塑身衣	真的嗎？太好了！只要八千就可以找回我的自信，好，我買了！真的有效喔！
白賊八	一定有效（偷笑）！一定有笑！跟我白賊八買東西一定沒問題，老婆包起來。
塑身衣	謝謝你，拜拜！
白賊八	謝謝，有效要再來喔！有效才怪，那麼肥，不運動，穿什麼都沒效，又有人來了！
白賊八	小姐，小姐，我這裡有宇宙超級無敵塑身衣，要不要買一件？
轉大人	買那做什麼，我現在要找可以長高的東西，我兒子已經十五歲了，可是身高只有一百五，怎麼吃都長不高，煩死了！
白賊八	都到我，算你運氣好（台語），我們公司剛好有推出一個產品叫做轉大人增高錠，純天然配方，沒有副作用，每天照三餐服用，一次十粒，一天三十粒，包準你一暝大一寸！
轉大人	怎麼可能，我已經不知道給我兒子吃多少補品，長高藥，可是都沒有長高，你的藥，有那麼神奇，而且你那麼矮！
白賊八	當然了，我是因為以前先天不良，後天失調，所以錯過了生長的黃金時期，你一定不想當兒子長不高的罪人吧，像我兒子也是吃了這個長到180！（拿看牌）所以我這一款轉大人增高錠，你一定要帶，一罐一萬塊，一百粒，你一次要先帶五瓶，還是十瓶，不然錯過黃金時期，你兒子就一輩子長不高了。
轉大人	可是我沒帶那麼多錢。
白賊八	沒關係，我們可以刷卡。
轉大人	可是，可以算少一點嗎？
白賊八	不行耶！這是最低價了，不然我再送你一個籃球，吃藥兼打球，包準沒多久，你兒子一定可以180，我白賊八向你保證！
轉大人	好吧！那我拿十瓶，我兒子可以長高了！
白賊八	老婆包十瓶，一共是十萬塊，謝謝，謝謝！又一個笨蛋，真好騙，豬飼料也當寶。
八婆	又騙一個了，老公你真厲害，可是我們還沒生小孩。
白賊八	噓！老婆，你看清楚，這是F4的照片。
八婆	對耶！老公你好聰明喔！

白賊八	好啦！快收一收，等一下準備好，我們就繼續騙人。
警察	今天我第一天出來巡邏，所長叫我眼睛睜大點，隨時注意上下左右四面八方，哪有那麼笨的小偷、騙子，會在馬路上大搖大擺的走，叫我怎麼找？
白賊八	警察來了快站好！波麗士大人你好！
警察	你賣東西啊！生意好不好，有沒有看見壞人從這經過？
白賊八	沒有，沒有，我沒看見壞人，警察先生你看我長得這麼善良，也不像壞人，你們說對不對！
警察	嗯！你在這裡擺攤子，有沒有申請許可證？要注意，不要擋到行人出入，這裡沒壞人，再去別的地方巡邏。
白賊八	是！是！是！我會注意，再見！再見！（鞠躬）好險，我還以為是要來抓我，真是笨警察，連我白賊八都不認識。
警察	你說什麼！
白賊八	我說天氣很熱，你真辛苦！
警察	嗯！看到壞人要通知我們。（離開）
白賊八	我看這裡也不能待太久，要再找一個地方。（拉八婆走）

第三場

塑身衣	奇怪，怎麼穿都沒用，還說三層肉、五花肉都會變不見，怎麼肥肉還是一大堆，一定是騙人的，哼！我要回去找白賊八。
轉大人	寶寶來，把這個吃下去。
寶寶	這是什麼，好奇怪？
轉大人	這是轉大人增高錠，只要吃下去就可以長得像大樹一樣高，快吃，很有效。
寶寶	媽咪，你每次都嘛說很有效，結果也沒長高。
轉大人	這次一定有效，白賊八不會騙人。
寶寶	要吃那麼多粒？
轉大人	對啊！這很貴耶！一瓶就要一萬塊，乖，媽咪都是為你好，等你長高你就會謝謝媽咪。
寶寶	媽咪，可是這個要有沒有衛生署合格標誌，我們老師說要看製造日期、保存期限、廠商、還要……

轉大人	我沒注意，不然你看有沒有。
寶寶	（左看右看）媽咪，這瓶子上什麼都沒寫，只有轉大人增高錠，你是在那一家藥局買的？
轉大人	我是在路邊聽到有人吆喝，我就停下來買，還刷卡花了10萬。
寶寶	媽咪，你不是教我要小心壞人防詐騙集團，怎麼你自己那麼不小心，被人騙了。
轉大人	那怎麼辦？
寶寶	先報警，再去那裡看騙子還在不在。
轉大人	寶寶真聰明，長個子有什麼用，長個不長腦，還是我的寶寶厲害，走！快去看那個騙人的跑了沒！
白賊八	（數錢）真好，又有錢了！老婆你要買什麼，通通買給你。
八婆	老公你真好！
塑身衣	白賊八！你騙人，你說穿塑身衣會瘦，結果不但沒瘦，我身上還長一粒一粒紅紅的疹子，衣服我不要了，你把錢還給我！
白賊八	那是你穿得不夠久，再穿一個月一定瘦！一定瘦！
塑身衣	我不管，今天你不把錢還給我，我就到消基會告你，我知道電話1950。
白賊八	可是你穿過了，不能退全部，只能退一半。
塑身衣	什麼！
膽固醇	大大的肚子我最愛，只要被我黏到你，我就會一輩子死心塌地纏著你，愛著你，我是膽固醇妹。
轉大人	白賊八！你說我買的轉大人增高錠是什麼做的，什麼標誌都沒有，這種來路不明的東西，你是要害死我家的小孩，還錢來！
白賊八	小姐，你這樣說就不對了！是你自己說要買，又不是我強迫你的，不然你去告我啊！
轉大人	氣死我了！我要找警察！
白賊八	去啊！現在警察都不辦這種小案子，他們才沒空管你。
警察	你說什麼！
白賊八	警察先生！
警察	原來你就是所長交代，要我找的那一個一張嘴胡累累（台語）到處詐騙的通緝犯白賊八，我問你有沒有看見壞人，你還說沒有，原來你就是壞人，走！跟我回警察局！
白賊八	蛤！那會按呢！

八婆　　老公那我呢？

警察　　你是共犯，當然一起回警察局。

八婆　　人家不要啦！人家還沒買名牌！

第二卷

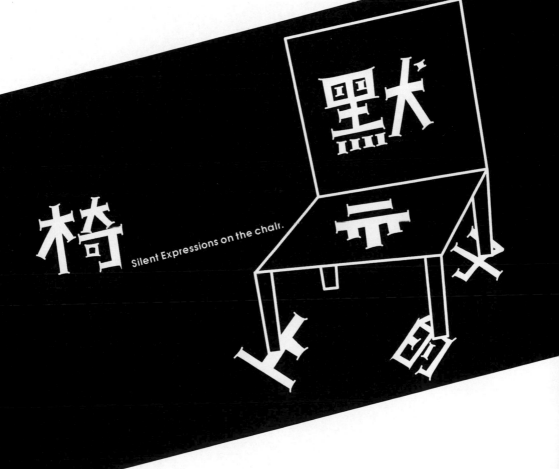

默示

椅 Silent Expressions on the chair.

上的

文

班會記錄簿

編劇：陳義翔規畫，
林暉評、蔡書瑄、蔡依慈、
陳姵羽、郭星昱、高瑀彤、
薛亭薇、邵菀筑、朱俊諺、
林瓏云、張均維、陳世軒
集體創作

△場燈三閃音樂進，Opening歌舞，燈暗[註一]

第一幕　班會

場景：教室

△新學期的開始，這一節是班會課，從來就只有聽過交換學生，不知道是哪裡新
　來的政策「交換老師」，而我們班的老師被派到了非洲，新來的老師是從衣索
　比亞莫三比克區來的一個高知識難民……

△上課鐘聲，燈亮。

其他學生　　下課了！

△舞台上散落著一群剛上完體育課的學生，有人聊天、有人嬉戲打鬧，書瑄從教
　室外走進來。

均維　　　　老師來了！

△其他同學驚慌了一下。

依慈、莞筑	ㄘㄟ╱，是班長啦！
均維	明明就老師。
姵羽	才怪勒！
書瑄	好！各位同學安靜安靜！我們這節要開班會哦！
其他學生	吼！又要開班會！
書瑄	好！剛剛班長我啊，下去樓下集合，聽到了一件非常震驚的消息哦──
其他學生	什麼事啊？
書瑄	相信大家都有聽過交換學生對吧！
女生們	該不會是帥哥吧？
男生們	美女！
女生們	帥哥！
書瑄	好好好！不過今年教育部卻舉辦了交換老師的活動哦！
其他學生	蛤？交換老師？
書瑄	然後，我們老師的籤運真的很賽，抽到了要去非洲的籤哦！（一陣尖叫）
其他學生	Yeah！
書瑄	這學期我們的新老師是從衣索比亞莫三比克來的高知識難民哦！
其他學生	難民還有高知識?!
書瑄	好！現在這位老師，已經來到我們學校囉！

△同學們探頭探腦。

| 其他學生 | 蛤？在哪裡？在哪裡？ |
| 書瑄 | 好！現在讓我們歡迎難民老師！ |

△虛弱的歡呼聲！暉評從舞台後方的門進場，走到左下舞台開始拍他身上的髒葉子，此時他發現忘了關門，又趕緊跑回左上舞台把門關好，然後拿起樹枝拍打身上的灰塵又拿來挖耳朵，慢慢的走到右下舞台。

其他同學	好嗯！（尖叫）
暉評	好！大家好！我是你們這學期新來的……

△暉評發現他還沒放書包，把書包放下，書包掉了下來又回頭把它撿起。

暉評	這是不是壞掉了？
其他學生	沒有！
暉評	大家好！我是你們這學期新來的老師，我是從衣索比亞來的，我的名子叫卡巴基布・基布・咖撒里。
均維	老師，可不可以直接叫你難民？
其他學生	難民！難民！難民！……（一邊拍桌子一邊喊著）
暉評	好！沒關係！想必大家都會對一個新老師，多少都會有疑惑嘛！對不對？那想發言的就舉手！舉手！快點！
姵羽	老師！你們那是怎麼求婚的啊？
其他學生	吼！姵羽對老師一見鍾情——
暉評	求婚喔！她這種型我也不喜歡啦！
其他學生	哈哈哈……
暉評	可是呢！在我們衣索比亞裡，我們都是用行動表示我們的心中的愛，用嘴巴說出心中的情。
其他學生	喔……
莞筑	老師！那你們是怎麼行動的？
暉評	改天跟我到衣索比亞就知道啦！
其他學生	哦——
暉評	我是說關心獨居老人的行動！
其他學生	ㄘㄟㄟ——
暉評	那還有誰有問題？
莞筑	老師！你們那裡是怎們處置行為偏差的學生？
暉評	嗯……在衣索比亞裡，對你們來說所見到的，所看到的，其實都是行為偏差的學生，所以我們不處置，但是；我們會引導他們學習。
其他學生	喔！
暉評	ok嗎？ok嗎？喔——來！
依慈	請問老師，像衣索比亞那麼落後的國家，那你是怎麼過來的啊？

暉評	這個問題很好喔！因為早在10個月前（此時同學均維、俊諺互相丟紙條打鬧了起來），我接到公文，就觀察了星象，勘察了地理，一路開始飄洋過海……

△均維、俊諺打架。

其他學生	唉～別打了！別打了！老師有人打架……
暉評	（嘶吼）你們仔細的看清楚！只要有其中一方倒下，我們今天就有肉可以吃了！（暉評站在椅子上嘶吼，變成猩猩、恐龍、軍人，同學們跟著起鬨，均維和俊彥嚇到抱在一起）
其他學生	啊！（尖叫）
暉評	搭搭搭搭搭搭——

△全部人做出被槍砲打到的樣子。

暉評	各位同胞們！我們有肉可以吃了！
其他學生	啊耶！（尖叫）

△暉評丟手榴彈。

俊諺	這是什麼？
均維	手榴彈！
其他學生	碰！（均維、俊諺被炸）
暉評	呼叫總部！呼叫總部！
書瑄	收到！收到！
暉評	這裡一點鐘方向發現兩具屍體……

△姵羽、莞筑、依慈、書瑄將均維、俊諺拖回。

暉評	好！今天班會主題是老師自定的，老師對你們跟學校不是很熟悉，所以我定了一個主題，就是「老師對學生們的期許，學生對老師的期待」，關於這個議題，有沒有人想要發言？

書瑄	（舉手）我希望老師能夠融入我們。
暉評	我需要一個人示範，啊！來～那位帥哥（將均維叫出來）～
其他學生	屁啦！
暉評	你們知道嗎？老師只是比你們年長一點的同學而已嘛～
其他學生	屁啦！
暉評	那還有沒有要發表的？
姵羽	我（舉手）幽默風趣，上課輕鬆！
暉評	幽默風趣、上課輕鬆，好！那你們覺得甚麼是幽默又輕鬆上課的方式？
星昱	（舉手）老師！你真的是！連一隻螞蟻都比你聰明了！拜託！你這樣哪裡高知識了！只要放我們出去玩！不要出功課！不要叫我們去做有的沒的就很快樂了！大家說對不對？
男生們	對！
世軒	對嘛！我們都有寫不完的功課要寫！功課不出我們就最輕鬆了！大家說對不對！
男生們	對！
女生們	回家啦！來亂的喔！
暉評	好！都安靜！想必你們對學校，都有很多不同的感受吧？那覺得在學校很快樂的舉手！（所有女生舉手）
暉評	嗯！那不快樂的呢？（所有男生舉手）
暉評	好！那請覺得快樂和不快樂的同學來說出自己的想法吧！
均維	好！老師！我們來交換！你來當學生！

△燈暗

第1-1場

△暉評坐在學生的位子，他沒有跟其他同學一起玩鬧，而是一個人拿著紙筆在記錄著為什麼學校會讓學生感到快樂與不快樂？其中的原因是為什麼？

| 均維 | 各位同學！我們翻開課本第3萬6千6百6十6頁！ |
| 姵羽 | 老師你口氣很兇耶！ |

均維	（摔課本）叫你們翻開就翻開！那麼多意見！
莞筑	摔什麼東西啊！那是公物又不是你的！
其他學生	對嘛！
均維	奇怪！每次考試都沒達到我的標準！還敢這樣說？
姵羽	標準幾分啦！
均維	100分，很簡單啊！對不對！

△全體同學吵雜聲。

莞筑	那麼高！
均維	只要想考好每個人都可以考100分啊！
姵羽	屁啦！
均維	（摔東西）你這個爛學生！

△姵羽站起來瞪老師。
△燈暗。

第1-2場

均維	（起身）stand up！

△全體同學起立。

均維	attention！
全體同學	one！two！

△暉評慢了半拍。

均維	obeisance！
全體同學	good morning teacher！
書瑄	good morning everybody！sit down！
書瑄	均維同學你的口音可以更好一點喔！

其他學生	你看你不標準！
均維	這是我的特色！
書瑄	好好好！大家跟我唸一遍！好不好啊？
其他學生	好！
書瑄	stand up！
其他學生	stand up！
書瑄	attention！
其他學生	attention！
書瑄	obeisance！
其他學生	obeisance！
書瑄	各位同學做的非常的好喔！請同學翻開課本第五課吧！
瑀彤	老師你長那麼漂亮有沒有男朋友啊？
姵羽	老師你今年幾歲阿？
俊諺	（跳起）老師你可不可以跟我約會？
其他學生	吼～（俊彥害羞的表情）
書瑄	來！安靜安靜！因為這節是音樂@＃～@……
其他學生	↖↗（玩起綜藝節目的音樂課動作）燈愣燈愣登～燈愣燈愣登～登登登登！吼嘿～
書瑄	喔！好好好！因為這節是英文課啊，所以你們剛剛的問題用英文問我，我都會回喔！這裡有一句，You are the apple of my eyes！有誰知道這句話的意思？
均維	我我我我！就是……就是什麼apple什麼eyes……就是一個蘋果黏在我的眼睛上。
其他學生	噓！聽你在講！
書瑄	好好好！其實這句意思呢，就是——你是我最重要的人。以後交男女朋友的時候可以用的到喔！
其他學生	朱——俊——諺——
俊諺	（俊諺貼到牆壁上）唉喲！你們很討厭耶！不要講啊！
其他學生	哈哈哈～～
書瑄	好好好！我們再來唸一次這個句子！好不好啊？
其他學生	好！
書瑄	You are the apple of my eyes！

其他學生	You are the apple of my eyes！

△燈暗。

第1-3場

世軒	你看看你們！都在混嘛！考這什麼成績！
均維	50分很高啦！過半耶！
其他學生	對啊！過半了！
世軒	50分？搞什飛機啊！50分就高？
姵羽	你功課出那麼多！怎麼看書！
其他學生	對嘛！
世軒	出那麼多也是讓你們多加練習啊！
均維	出這麼多練習也沒用啊！
世軒	平常看你吃這麼多不長腦也不長高！簡直就是浪費你父母的錢！
姵羽	長不高又不是他的錯。
其他學生	對嘛！又不是他的錯。
世軒	（踹桌子）造反啊！
其他學生	（全班同學一致拍著桌子指著老師）你這什麼老師！

△燈暗。

第1-4場

莞筑	好啦！各位同學上課囉！
其他學生	好！
莞筑	這一節是國文課，翻開課本第十二課，好！我把標題念一次：地瓜的聯想，同學可不可以告訴我！吃完地瓜會有什麼症狀呢？
其他學生	放屁！
莞筑	對！沒錯！就是放屁！那你們覺得誰最會放屁呢？
其他學生	張均維！張均維！張均維！
莞筑	那我們就請張均維同學上來示範！

均維	我不要啦！
莞筑	好！地瓜給你！
均維	（吃了幾口）噗！哦好香哦！
其他學生	好臭！
莞筑	來！為了獎勵你！我要請大家吃地瓜！大家說好不好呢？
其他學生	好！

△莞筑拿地瓜給均維發給同學，大家站起來吃地瓜。

均維	那我們一起來吃地瓜吧！
其他學生	好！噗！噗！噗！
莞筑、均維	（屁股對碰）噗！
其他學生	（在教室亂跑）啊！好臭！臭死了！世界末日啦！

△燈暗。

第二幕　真心話

場景：教室

△所有人在教室裡面打鬧著，大家都很High。

暉評	我們來玩遊戲！好不好？
其他學生	好！玩遊戲！玩遊戲！
莞筑	玩躲貓貓！
書瑄	玩紅綠燈！
瑀彤	玩木頭人！
依慈	玩鬼抓人！
暉評	NO！NO！NO！我們要來玩更新的遊戲！就是——真心話大冒險。
其他學生	要怎麼玩啊？
暉評	就是我們大家先一起數隻，加起來的數字開始數，然後被數到的人要進行真心話大冒險。

其他學生	哇！好刺激喔！
暉評	好不好？要不要？
其他學生	要！
其他學生	（齊聲）數隻數隻，最多五隻，最少零隻。
暉評	不要動哦！（算了一下）好……16，1、2、3、4、5、6……（開始算數）哇！最近做壞事！所以是你──（對著姵羽）
姵羽	我才沒做壞事！
其他學生	哇哈哈哈！
暉評	看在你是第一個的份上，出簡單一點的題目，（暉評想了一下）好！我的志願！（所有人靜止不動，姵羽走到右下舞台）

第2-1場

△姵羽一個人從座位上走出來獨白，所有人靜止不動，下舞台左區的場景轉變成家裡的餐廳。

姵羽	今天老師要我們說出我的志願，但是，父母要求的，都不是我想要的，那我的感受呢？有誰想過？（姵羽走進來）
書瑄	姵羽回來啦！趕快坐下來吃飯喔！

△姵羽坐下

書瑄	姵羽啊！媽媽有一件事一直想跟你說……你以後想不想當精算師啊？

△姵羽轉到左邊，媽媽忍耐的繼續吃。

書瑄	那當老師呢？（又撇一眼過去）
姵羽	厚！你很煩ㄟ！（姵羽生氣的放下碗筷走回房間）
書瑄	你這什麼態度阿！我在跟你講話耶！
依慈	媽！不要生氣啦！說不定姐姐有自己的想法啊！
書瑄	你去叫姐姐出來！
依慈	喔！

依慈	姐！姐！快出來啦！媽媽找你！
姵羽	喔！好啦（姵羽緩緩走出來）
姵羽	媽！這都不是我想要的啊！
書瑄	可是你又不是不知道，媽媽從小的夢想就是當精算師！你就不能完成媽媽的心願嗎？
姵羽	我又不喜歡數學！
依慈	對啊！媽！你就不要再逼姐了啦！
書瑄	那你到底想要當什麼嘛？
姵羽	我想當服裝設計師啊！
依慈	哇！這樣加一加！姐姐就當數學服裝精算老師了耶！
姵羽	我才不要勒！不要亂講話！
書瑄	那，妹妹，你想不想完成媽媽的心願呢？
依慈	恩…我想當姐姐！（書瑄、依慈靜止不動）
姵羽	到底該怎麼跟她溝通呢？（獨自走向前蹲下）
暉評	好！很好～
其它學生	哈哈哈哈哈～
其他學生	快來數隻吧！
暉評	那現在換你開始數囉！姵羽
姵羽	好……
其他學生	數隻數隻，最多五隻，最少零隻。
姵羽	（算了算，數了數）18隻，哇！陳世軒。
其他學生	哇哈哈哈
姵羽	你的題目是？心碎——

△世軒走到右舞台，所有人靜止不動。

第2-2場

世軒	有一天，我用我最具紀念價值的水杯喝完水後，便把杯子放在桌上，可是我的弟弟因為沒有看到我的水杯而把它給打破了……就因為家庭的誤會……所造成的悲劇就此拉開序幕……

△世軒剛喝完水將杯子放在桌上，弟弟拿起另一個杯子，卻打翻了世軒剛放在桌上的杯子。

世軒	你為什麼用破我的水杯？（捏均維脖子）
均維	嗚～嗚～哥哥欺負我。
世軒	那是我最重要的杯子，你知道嗎？
均維	媽媽！哥哥掐我！
亭薇	（一走過去就先打世軒的頭）啊你在幹嘛？怎麼可以掐你弟的脖子呢？看你這哥哥怎麼當的？
世軒	媽！聽我解釋嘛！我只是捏他，我又沒有掐他脖子。
亭薇	你還狡辯！我明明都看到了，你是哥哥你要照顧他。
世軒	怎麼他打破杯子變成是我的錯？

△均維的哭聲從不間斷……俊諺從左舞台上。

俊諺	你們在幹嘛？從巷子口就聽到家裡鬧鬧鬧的！
亭薇	你知道你兒子今天幹了什麼好事嗎？
俊諺	你說來聽聽！
亭薇	哥哥有一個陶瓷杯，你記得嗎？他弟弟就把它給摔破了，他就因為一個水杯而去掐他弟的脖子。
俊諺	什麼？有這回事？
俊諺	（衝過去狂打世軒）你啊你！這死小孩，今天不給我解釋清楚就別想去睡覺！
世軒	我只是捏他而已啊！
俊諺	弟弟過來，哥哥有沒有掐你脖子？
均維	有！
俊諺	（邊罵邊打頭）有！還說謊！事實都擺在眼前了，你還說謊。你也知道我最不能原諒說謊的人……
世軒	我……
均維	（狂笑）哈哈哈哈哈！
世軒	我還有一段獨白你到底要不要讓我講？

均維	就是不讓你講！
世軒	難道這就是身為長子的命運與悲哀嗎？
其他學生	快來數隻吧！
世軒	那換我囉！數隻數隻，最多五隻，最少零隻。
世軒	（算一算、數一數）4、5、6、7、8、9……好16隻。
世軒	16，哇！是邵莞筑。
其他學生	哇哈哈哈！
暉評	給他出簡單一點！
姵羽	難一點的啦！
世軒	好，那你的題目是……壓力！

△所有人靜止不動，莞筑一個人走向右下舞台。

第2-3場

莞筑	（拿著包包起身獨唱，邊唱一邊走到老師的座位，但老師的桌椅也跟學生一樣）[註二] 我不知道我能證明什麼 也許只能證明我是壞的 至少讓我不和誰牽扯 做錯搞砸我一人負責 但這世界好像不是這樣的
莞筑	我現在國一了，功課並不是很好，媽媽說考不上公立高中的話就不用讀了……（然後坐下，表演上課的樣子……聽不懂……寫筆記來不及……拿橡皮擦塗改……抓頭……，以上動作包含會上下看著黑板，由快變慢）

△其他同學走到書瑄的位子，輕聲齊唱。

教室裡的人	我不知道我能證明什麼 也許只能證明我是壞的

至少讓我不和誰牽扯

做錯搞砸我一人負責

但這世界好像不是這樣的

莞筑　　　成績那麼爛，媽媽一定會罵我的。（莞筑開始偷偷的走進家裡被媽
　　　　　媽發現）

瑀彤　　　咦！女兒啊！回來啦！

莞筑　　　嗯……

瑀彤　　　成績單呢？

莞筑　　　老師還沒有發耶！

瑀彤　　　你敢騙我！你們老師今天打電話跟我說，今天發成績單了！還說你
　　　　　的成績退步很多！這你該怎麼解釋？

△莞筑抖著手把成績單拿出來。

瑀彤　　　二十二名！你考這什麼成績啊？你們班才三十三個而已耶！你就考
　　　　　成這樣！你到底有沒有在唸書啊？

莞筑　　　有啊！可是就有很多看不懂啊！

瑀彤　　　你不會去問哥哥喔？

瑀彤　　　而且你想想，如果你考到私立高中呢？學費貴的要死！我和你爸的
　　　　　薪水加起來夠付你的學費嗎？家裡的水電費不用錢嗎？現在什麼東
　　　　　西都要錢耶！你知不知道事情的嚴重性啊？（把成績單揉成一團丟
　　　　　向莞筑）好啦！我問你，你到底喜不喜歡讀書？

莞筑　　　還好……

瑀彤　　　不喜歡也要把基礎打好吧！給你個標準是七十五分！你竟然只給我
　　　　　考七十六而已！

莞筑　　　至少我有進步啊！你也應該聽過「一分耕耘，一分收穫」吧！

瑀彤　　　反正你下次如果再考這種成績，你以後沒考上公立高中的話，你就
　　　　　別讀了！

莞筑　　　（獨自走向舞台前緣踱步，媽媽靜止不動）什麼嘛！哪有這樣的！

△其他同學拍手，回到自己的位子上。

暉評	每個人都有自己的家庭，自己家庭的歡笑不是每個人都有的，回去討論自己的家庭知道嗎？不要羨慕別人，因為自己所擁有的才是最好的。
其他學生	快來數隻吧！咦！邵莞筑呢？
均維	好！我來！
暉評	你都沒有數到對不對！
均維	對呀！我都沒數到！好啦！快點！數隻數隻，最多五隻，最少零隻。
均維	（數了數）21、22——（指向書瑄）好好好！那我出簡單一點的題目：包袱。

△所有人靜止不動，書瑄獨自走向舞台前緣。

第2-4場

△書瑄拿著包包走到右下舞台。

書瑄	我的爸爸媽媽在我小學一、二年級時後就離婚了，雖然當時我沒有做什麼反應動作，但心中總是有著包袱放不下……
書瑄	媽！我回來了！
莞筑	嗯！女兒回來啦！今天不是期末考嗎？考的怎樣呢？
書瑄	我跟你講喔！我今天考了七百分喔！
莞筑	喔！我的女兒真是個天才啊！（起身抱著書瑄）女兒啊！你要不要把這個好消息告訴你爸爸呢？
書瑄	（無奈）喔……好…我等一下去打……（書瑄走至右舞臺，撥電話）

△世軒從右翼幕走出至右舞臺，背對著觀眾，媽媽在一旁邊看報紙邊聽他們的對話。

書瑄	喂～
世軒	喂～
書瑄	（冷淡）嗯……你知道我今天期末考考幾分嗎？
世軒	嗯……聽你的聲音，想必是考的不錯喔！

書瑄	我考了七百分。就這樣，拜拜！
世軒	喂～
莞筑	唉！女兒啊！媽媽跟你說，我跟你爸的關係，可能要等你長大之後你才會懂。所以呢，我不希望因為我的原因，而讓你和你爸的關係變僵，好歹他也是你爸爸啊！再怎樣這種血緣關係是切不斷的！
書瑄	媽！

△其它學生拍手，書瑄覺得很糗的走到講台前面。

書瑄	好啦好啦，換我數隻喔，數隻數隻最多五隻，最少零隻。
書瑄	（算數）好……20、21，哇！蔡依慈！那我就出一個主題：秘密。

△所有人靜止不動。

第2-5場

△依慈走到舞台中央，站在椅子上，手往上伸展好像要抓什麼一樣，又慢慢的走到左舞台做一個偷聽人家說話的動作，亭薇也跟著依慈一起偷聽，依慈走到左下舞台。

依慈	爸爸、媽媽有個秘密都不跟我們說，這天我和妹妹躲在門後偷聽，才知道原來……（轉身走到亭薇身邊做出偷聽的動作）

△姵羽和均維在客廳討論著事情。

均維	老婆，我有話要跟你說……
姵羽	老公，什麼事啊？
均維	我欠卡債……
姵羽	什麼！你又欠債了，多少錢呢？
均維	不多不少……三億多而已！

△依慈和亭薇在門外聽見嚇到。

姵羽	什麼？三億多！怎麼花的啊！
均維	所以我想過了，我們先暫時離婚，等事情解決後再來公證結婚，你覺得呢？
姵羽	那孩子勒？
均維	我來照顧……
姵羽	（想了很久）那交給你了。

△均維轉身離開。

姵羽	大女兒！小女兒！過來一下！
依慈	（依慈和亭薇嚇到）媽，什麼事啊？
姵羽	我們今天去吃飯好不好？
依慈、亭薇	好啊！
姵羽	那走吧！
依慈	媽，今天要去哪家餐廳啊？
姵羽	去運動霸餐廳呀！
依慈	運動霸餐廳？
姵羽	王建民有去過耶！
依慈	王建民是誰啊？
姵羽	你連王建民都不知道？

△姵羽、依慈、亭薇三人從左舞台下，俊諺走向右舞台停住，姵羽、依慈、亭薇三人再從左舞台上，依慈和亭薇四處仰望。

俊諺	歡迎光臨！（送上菜單）
依慈	我要吃洋基分享餐。
姵羽	好，洋基分享餐三份。
俊諺	好！稍等！
姵羽	女兒啊！媽媽民宿那邊要整修，所以你們暫時先住爸爸那裡喔，那要聽爸爸的話知道嗎！

△依慈和亭薇點頭。

依慈	肚子好餓喔！
俊諺	來了！來了！
姵羽	那我去買單，你們先回去吧！
依慈、亭薇	好，媽媽拜拜！

△依慈和亭薇走向右舞台原地踏步，俊諺進來向姵羽買單，並收拾桌上餐具從右
舞台下。

俊諺	歡迎再來！

△姵羽從左舞台下提著一個包包，再從左舞台上來，回到剛剛的座位坐下開始辦公。

依慈	妹妹，你看那邊有好漂亮的花喔！我們摘幾朵送給媽媽吧！
亭薇	好哇！

△依慈和亭薇蹲在地上摘玫瑰花，收集好花朵之後走到媽媽的辦公桌。

姵羽	你們回來啦！
亭薇	媽媽，這個花要給的你！
姵羽	謝謝！好香的花喔！謝謝你們，要聽爸爸的話喔！
依慈、亭薇	（微笑）好，拜拜！（依慈、亭薇走到右舞台，均維牽著瑀彤走進來）
均維	叫阿姨！
依慈、亭薇	阿姨好！
均維	要乖乖聽阿姨的話喔！
依慈、亭薇	好！
均維	爸爸有事要忙，先出去了！
依慈、亭薇	嗯，爸爸拜拜！

△均維走到左舞台停住不動，依慈和亭薇一直盯著阿姨看。

瑀彤	看你們一副笨手笨腳的樣子，會打掃嗎？
依慈、亭薇	會呀！
瑀彤	那還不快點去給我掃地！
依慈、亭薇	喔！
瑀彤	別站在那邊呼吸，浪費我家的空氣，掃把拖把在那邊，笨死了！
瑀彤	掃乾淨點啊！

△依慈繼續拖地，亭薇很慌張找不到畚箕。

瑀彤	（生氣）畚箕在那裡。
亭薇	姐，阿姨剛剛說的那句是什麼意思啊？我聽不懂耶！
瑀彤	別站在那邊呼吸，浪費我家的空氣。

△依慈和亭薇繼續打掃著，瑀彤走到舞台中央坐下來修指甲，此時均維從左舞台
　走出。

均維	你手上怎麼會有那朵玫瑰？
姵羽	大女兒小女兒送給我的啊！
均維	（均維用憤怒的眼神看著姵羽）你以為用那麼膚淺的話就可以騙過我嗎？
姵羽	是真的啊！
均維	說！你在外面是不是有別的男人？（均維一巴掌打姵羽的臉上，姵羽倒在地上，均維氣沖沖的走回到右舞台）
瑀彤	（愉快）你回來啦！（語畢走過去摟著均維的手）
均維	她以後就是你們的媽媽！

△依慈和亭薇一直盯著阿姨看。

瑀彤	不會叫喔！
依慈	（緩緩走向舞台前緣）好想念媽媽喔！好久沒有感受到媽媽對我們的關懷，妹妹，我們來摺星星吧！（蹲下摺星星）

△亭薇走到依慈身邊蹲下一起摺星星。

△燈暗。

第三幕　大冒險

場景：教室

△燈亮。難民老師帶著同學玩了一個遊戲「大冒險」。

暉評	好，各位同學！上次玩的是真心話，我們再來玩更刺激的大冒險，好不好？
其他學生	好！
暉評	不過，大冒險玩法有點不同，我們的任務就是來解決前面五位同學說的真心話！來幫助他們！好不好！
其他學生	好！
暉評	好！那從陳姵羽開始！
暉評	就從第一個姵羽同學開始！大家開始討論吧！（大家圍過去姵羽那）
姵羽	不知道要怎麼辦？
均維	很簡單啊！聽你媽媽的話啊！（同學們齊唱「聽媽媽的話」）
姵羽	討論有用嗎？
暉評	溝通！

△所有人靜止不動，回到姵羽真心話的場景。

第3-1場

書瑄	你想不想完成媽媽的心願呢？
姵羽	媽，我真的很想當服裝設計師啊！
書瑄	設計師有什麼好的啊？薪水又不高！福利又不好！你到底是看到服裝設計師哪一點好啊？你想想看你父母賺錢養你供你吃供你住，你也沒有好好的孝順父母，你這樣簡直是不孝的行為！你懂不懂啊！

△颯羽看向同學。

星昱	加油！
世軒	朋友！我們相信你！
俊諺	你可以的！
均維	我挺你！
其他女生	加油！
颯羽	媽，我會設計出好看的衣服給你看啊！而且我希望你健康快樂又美麗！
書瑄	這麼說也對啦！
颯羽	媽！我不會後悔的啦！
書瑄	那你要好好加油喔！
颯羽	好！

△書瑄拍拍颯羽的肩膀。

颯羽	（跳起來）Ya！成功了！
其他學生	（歡呼聲）Ya！
颯羽	那下一個是……陳世軒！（大家圍過去）
世軒	那要怎麼做勒？
颯羽	把你弟打爆比較快啦！
世軒	蛤？
其他學生	對啊！打爆！
瑀彤	不是啦！是要把耳朵切掉，舌頭割掉，把雞雞剁掉拿去餵鯊魚！
其他學生	哇塞！這招太讚了！
世軒	全是餿主意，不如……寫信。
暉評	對了！寫信！

△所有人靜止不動，世軒拿起信走向右下舞台。

第3-2場

△恢復到世軒真心話的場景，世軒緩緩走向舞台中央將信放在桌上，再走到右下
　舞台，俊諺走過去將信拿起來打開看。

世軒　　　　爸、媽，請你們先看完這封信好嗎？我寫這封信的原因，其實就是
　　　　　　為了要告訴你們，昨天我真的沒有掐弟弟的脖子！是，我是捏他，
　　　　　　不是掐他，可是我也承認自己錯了，請你們相信我好嗎？請你們聽
　　　　　　我說好嗎？如果我真的錯了，到時我會甘願受罰的。雖然你們打了
　　　　　　我但我還是愛你們的。
其他同學　　（齊唱）恭喜勒～恭喜勒～恭喜勒～恭喜勒！
世軒　　　　那……下一個就是邵莞筑！（大家圍過去莞筑身邊，討論著）
莞筑　　　　那要怎麼做勒？
均維　　　　你喜不喜歡讀書？
莞筑　　　　還好。
姵羽　　　　那就朝著你的興趣去發展啊！
暉評　　　　沒錯！就是興趣！

△所有人靜止不動，轉變到莞筑真心話的場景。

第3-3場

莞筑　　　　（獨唱）我不知道我想證明什麼【註三】
　　　　　　也許可以證明我能唱歌
　　　　　　眼前的路有好多轉折
　　　　　　做人比做事更多功課
　　　　　　忽然間轉瞬間化妝間排練間
　　　　　　我已經是站在舞台上面
教室裡的人　齊唱
　　　　　　給我愛　證明我值得期待
　　　　　　我明白　錯過就難再重來

	空有勇敢　不能成材
	你們像黑夜那片海
	我的歌會請星星　跳下來
瑀彤	（獨唱）OH～OH～OH～給我愛　證明我值得期待
莞筑	我明白　錯過就難再重來
瑀彤、莞筑	（齊唱）
	我接受這樣安排
	一個新人的姿態
	讓我證明　我是你的愛（抱在一起）
其他學生	耶！（歡呼聲）
均維	快一點啦！那下一個就是……蔡書瑄。（大家圍過去）

△所有人靜止不動，書瑄走到下舞台。

書瑄	（拿著手機仰望著遠方）媽……（猶豫不決後像是做好了決定，拿起電話撥打）喂，爸，不是我不願意叫你，而是心中有個石頭很難放下，請原諒我那麼久之後才開口叫你。我想問你，什麼時候能和媽媽合好？當朋友也不錯啊！我想問你最近過的怎麼樣？是不是有把身體顧好？是不是三餐都隨便亂吃？

△瓏云、莞筑、星昱在書瑄開始講電話時，緩緩走向右下舞台開始歌唱，所有人漸漸哼起歌曲。[註四]

均維	（打姵羽臉）說！你外面是不是有別的男人！（姵羽被打倒在地上，又再站起均維又打了姵羽的臉，這樣的動作重複了好幾次後才停止，瑀彤、依慈去扶姵羽起來，三人抱在一起）
暉評	（在大家歌唱時）你們要知道，各位同學要珍惜你們緣分，一次的邂逅，不代表永遠不見面，但是如果這一生這一世，充滿了快樂充滿了笑聲，這就是你人生中最美好的一個禮物，所以我必須照顧同學愛護他，就像對待自己一樣，別只是為了自己，也要想想班上的同學，因為我們是個團體，如果你們真的做到如此，將是我心中最好的學生。

△暉評和所有人牽起手，往左下舞台的桌椅靠近，大家像是在一艘船上停留在下舞台及左區，也有同學走上桌椅所有人輕輕哼起歌曲。

△燈暗。

註釋

一、引用中國娃娃〈Boom〉
二、引用何以奇〈證明〉
三、引用何以奇〈證明〉
四、引用范瑋琪〈你〉

椅子上的默示

　　　　　　　　編劇：陳義翔規畫，

　　　　　　　　　　龍日明、黃琪登、孟柏帆、

　　　　　　　　　　洪采聲、胡詠程、王偉名、

　　　　　　　　　　李泓映、鄒芸旨、邱慧意、

　　　　　　　　　　蔡依慈、薛亭薇、陳玉婷、

　　　　　　　　　　林哲弘、林輝評集體創作

序【噩夢】

△舞台上散落著許多椅子，所有人都倚靠著椅子，在舞台上睡著。

暉評　　（拿著一台攝影機上）在夜深人靜的時候，你可能像這樣沉睡著，夢也
　　　　悄悄的進入了我們另一個時空，它什麼時候來我們都不知道，但是在它
　　　　走的時候，都不曾對我說一句「再見」，剛開始的時候，我很生氣！覺
　　　　得它好無情，簡直沒有了人性，後來我發現它從來都不曾離開過我，不
　　　　斷的纏繞著我們的生活。我們不能決定我們能做怎樣子的夢，但是我們
　　　　卻可以彼此的交換自己在夢境中所發生的一切事情，假如你願意與朋友
　　　　分享你在夢裡所發生的一切，那麼你將會發現我們曾經都作過……一樣
　　　　的夢。（暉評下）

（Opening歌舞）[註一]

第一幕

△全部人倒地，燈亮。

哲弘　（醒來）大家好我是林哲弘，我們家有四個人：爸爸、媽媽、哥哥和我，在幼稚園的時候，常聽到爸媽在吵架，之後他們就離婚了，我再也沒有跟媽媽一起住了，後來我又知道媽媽得了癌症，我不敢相信這是真的，好像這世界上只有我是這樣，我想要找一個跟我一樣的人。（坐下看電腦）來看同學的部落格吧，陳玉婷，Enter——

玉婷　（醒來）從小，我就長得很可愛，都綁沖天炮，上了國小後，頭髮留長了，媽媽都給我綁辮子，幾乎每天的造型都不一樣，就這樣過了幾年，升上了小五，有了一點審美觀，知道要留瀏海才不會那麼憨，所以就自己剪了兩搓瀏海放在額頭的左右兩側，到了小六，很奇怪的那兩撮瀏海就自己捲了上去，而且是很恐怖的那種，到了國中我就去燙了離子燙，就變得很直很直，升上了國二我又開始懷念起小六那QQ的頭髮，所以就去燙了電波，就變成了現在這個樣子。

哲弘　陳玉婷同學，你一定很在意別人的眼光吧，放心！你的頭髮一定很有造型！孟柏帆，Enter——

柏帆　（醒來）有一次去了爸爸的公司幫忙，阿姨就發現女傭放在阿姨那邊的護照不見了，大家怕被雇主發現要賠錢，所以就急忙得一直找一直找一直找（大家緩緩的起來做找東西的動作再回到自己電腦的位子躺下）找遍了所有櫃子還是找不到，同樣的方法用了二天，還是不見護照的蹤影，到了第三天，爸爸以為女傭想逃跑，就問女傭說，你是不是把護照偷走了，女傭說，沒有（日明用越語說沒有）那時我突然想起那天爸爸把護照帶出了公司，我就跟爸爸說，爸那天我看到你把護照帶出了公司了，我們就一起去車上找就找到了，這件事告訴我要有責任感，不可以隨便誣賴別人，所以我也要成為有責任感的人。

哲弘　孟柏帆同學，我發覺你是很細心的人，你一定可以成為一個很有責任感的人，黃琪登Enter——

琪登　（醒來）我有一個很重要的朋友，但是我有一個壞習慣，每當我高興的時候都會賞他巴掌，所以漸漸地他就不理我了！我現在真的很希望可以跟他合好！

哲弘　黃琪登同學，你這樣對待朋友是不對的，你一定要跟你朋友改變互動喔！胡詠程Enter——

詠程　（醒來）有一個朋友，在他高興時就會打我巴掌，每次對他說這樣對我很不禮貌，可是他還是一直打，我越來越不想和他成為好朋友了！

哲弘　胡詠程同學，你說的是黃琪登同學吧？我剛剛有去他的部落格看他的文章了，他有跟你道歉，請你原諒他吧！薛亭薇Enter──

亭薇　（醒來）在我國小六年級的時候，我們班代表學校去參加戲劇比賽（同學們做出反賄選的畫面）我們每天很努力的在練習，到了比賽當天，終於拿到了一個好的成績，全縣第二名。下一張圖，是在運動會的前幾個禮拜（做暖身動作）所有的班級都在練習健康操，那時剛好是夏天，每個人都頂著大太陽很努力的在練習，練的非常非常的累，一直練到太陽下山才回家！在同一個時間，我們也在想著創意進場該扮什麼才好？最後大家決定，讓女生扮水手、男生扮外星人（依慈跟偉名起來做動作）當時真的有夠好笑的！

哲弘　薛亭薇同學，恭喜你們班拿到戲劇比賽第二名，你們班運動會的裝扮一定很酷喔！李泓映Enter──

泓映　（醒來）上國中前的每一年，我都會參加鋼琴比賽，我總是很認真的完成每一首曲子（坐在椅子上），練琴的過程中難免會感到心浮氣躁，或是過於要求完美，反而讓自己感到自責，當我真的很不耐煩找不到地方發洩的時候，我就會往琴鍵上砸下去，一直哭一直哭，讓我曾經有過想要放棄鋼琴的念頭。

哲弘　李泓映同學，你不能放棄你的音樂天份！不用一定做到最好啊？（走到左上舞台）在我國小的時候跟媽媽見面都要偷偷摸摸，不能被發現，媽媽有時會煮飯，中午帶到學校給我跟哥哥吃，或是嬸嬸帶我們出去玩，也邀媽媽一起去，那時候真的好開心喔！（回原本電腦桌前坐下）王偉名Enter──

偉名　（醒來）從小我的發育良好，是同學們眼中的大巨人，而我的個性就是那麼的熱心，每當老師、同學們有困難時，我總是在第一時間內衝去幫忙，雖然每一次的幫忙過程中並不是那麼順利，但我也還是很開心！

哲弘　王偉名同學，我們班一定不能少了你，我們班有難的時候一定會想到你，邱慧意Enter──

慧意　（醒來）這學期我參加了英文精英社，很開心！但有很多的不愉快，甚至還因為有人忌妒而拿社團名稱來開玩笑，說我是陰莖社，讓我很不開心！

哲弘　邱慧意同學，你不用理那個人，那個人只是在吃醋而已！鄒芸旨Enter──

云旨　（醒來）自從我跟他有了誤會之後，我的心情一直很沮喪，那天放學回家我終於忍不住了，關上房門趴在床上一直哭！突然房門被打開了，媽媽她好像看穿了一切，便問我說是因為他對吧！我不回答表示默認，原來媽媽一直都知道，一直在默默的關心我，所以我決定尊重媽媽意見，以最殘忍的方式，結束我跟他的關係。

哲弘　鄒芸旨同學，真高興你有這種媽媽，我也好想要有這種媽媽喔！蔡依慈Enter——

依慈　（醒來）每個人都會經歷國中青少年時期，可是大人在面對青春期的我們，好像忘了自己是怎麼走過來的，我們與現實生活對抗，我們羨慕別人的生活，我們不想做自己；想法怪異、偏差、叛逆，是大人對我們的看法，渴望被愛，對未來充滿好奇與幻想是我們的心聲，我們想像瘋子般大聲吶喊，可是大人要我們做個聽話的小木偶；在舞台上，我可以演自己，我可以裝扮別人，可以大哭大笑，可以盡情發揮自己的情感，可以拋開心中的鬱悶，可以嘗試別人的人生。在這裡我們找到了自己！

哲弘　蔡依慈同學，恭喜你在舞台上找到自己，洪采聲Enter——

采聲　（醒來）我們因為爸媽工作的關係，所以搬了七次的家，我們搬過的地方有，天母、永和、台北吉林路、台北東區、新店、台北忠孝東路、桃園，我們幾乎兩年搬一次家，同學們都說：「好酷喔！可以搬七次的家耶！」但是我覺得一點都不酷，因為總是要和那邊的朋友分開，那種不捨的心情是很難受的，現在我們搬到桃園已經快五年了，不知還會不會再搬走？

哲弘　洪采聲同學，你以前的朋友一定會記得你的，現在資訊這麼發達可以常常連絡啊！龍日明Enter——

日明　（醒來）我是新住民，我媽媽是越南人，我爸爸是台灣人，他們現在已經離婚一陣子沒有住在一起了，所以我現在是跟媽媽一起住。媽有些話我想對你說（越語）：「媽媽，我跟你搬到台灣很久了，都是你在照顧我，我生病時，你就陪伴在我身邊，我難過時，你安慰著我，雖然我現在只能幫你做一點點的家事，但是長大後我一定會賺大錢報答你，媽媽，謝謝你！」（鞠躬）

哲弘　（站起來）龍日明同學，你跟我一樣是父母離婚的人，你下面的文章我看不懂，你可以翻成中文嗎？（坐下）再回去看看同學的部落格吧！洪采聲Enter——

采聲　之前我都會和同學說我要搬家，有一次我回到家媽媽對我說：「我們要
　　　搬家了，記得要跟同學說喔！」過了幾天回到家媽媽又對我說：「我們
　　　又不用搬家了。」（其他人狂罵洪采聲，陳玉婷跳出來制止）

玉婷　你們罵完了沒啊？知不知道她這樣子心裡多難受！

采聲　真的很對不起，我都沒有和家裡的人溝通好，就跟你們說我要搬家了，
　　　真的很對不起！真的很對不起！……

哲弘　洪采聲同學，你不要太難過了，他們只是關心你而已，只要跟他們抱歉
　　　他們就會原諒你，王偉名Enter——

偉名　在有一次的聚會中，每個人都玩得很開心，到了要回家的時候，我發現
　　　我的鑰匙不見了！

其他人　蛤？鑰匙不見了？喔唷！怎麼辦這很嚴重耶！

△其他人從位子上一個個走到王偉名旁邊，紛紛討論著。

其他人　你鑰匙放在哪？是被誰拿走的？

偉名　好像是……被一個小弟弟拿走的！

其他人　小弟弟？喔小弟弟小弟弟……

△亂成一團，指著對方下面亂喊。

偉名　停！不是那個小弟弟，是小男孩！

其他人　ㄘㄟˊ！早說嘛！

日明　你鑰匙放在哪裡？

偉名　放在包包裡面。

其他人　長什麼樣子？什麼顏色？

偉名　就這樣，米色的！（比出包包大小）

其他人　米色的？會放在哪裡啊？包包、包包，米色的……（全部人分散找包包）

依慈　啊！我想到了！你們不是都坐我爸車來嗎？

△少數人還在找包包。

其他人　對啊！

依慈	搞不好他包包就放在我爸車上？
其他人	對嘛！對嘛！
偉名	不可能！我親眼看到那小弟弟把我包包拿走的。
其他人	那怎麼辦？
采聲	蔡依慈，打給你爸啦！
偉名	天啊！我這樣回去會被罵死的！（偉名蹲下來哭泣，少數人圍著他，安慰他）
其他人	好啦好啦！不要哭了啦！
日明	我陪你回去跟你媽說啦！
依慈	喂！爸喔！你看一下車上有沒有一個米色的包包，什麼？喔，有喔！好，謝謝！掰掰！

△依慈在說話的時候其他人一樣有著對話。

其他人	喔唷！王偉名！
依慈	王偉名！你的包包放在我爸車上啦！
其他人	什麼嗎？還小弟弟？睜眼說瞎話！

△其他人推倒他，狂罵他，大家慢慢走回去電腦桌位子。

日明	胖子了不起啊！

△偉名慢慢爬起來。

偉名	這種經驗我不會再有第二次了！
哲弘	王偉名同學，經過這次經驗你不會那麼健忘了吧？孟柏帆Enter──
柏帆	在我小的時候我都跟我阿公住，我阿公常常帶我去買糖！（慢慢蹲下來，右手往上舉，走到舞台中央）阿公！我要吃棒棒糖！（手慢慢放下，起身）
柏帆	好！阿公買給你！（蹲低，假裝摸小孩的頭）老闆！一根棒棒糖，還有黃長壽一包！（蹲下，走到采聲旁邊／采聲在電腦周圍做擦地板動作）
柏帆	媽媽！

△采聲站起來。

采聲　做什麼？

柏帆　今天阿公帶我去買糖！阿公還有買黃長壽，黃長壽是什麼？

采聲　喔喔！你要跟阿公講那東西不要買喔！那個東西對身體壞壞喔！

柏帆　喔！

采聲　走！我們回房間！

△手勾手走到平台前，采聲走回電腦桌，柏帆慢慢起身。

柏帆　在這之後，我阿公帶我去買糖我都會跟他講說不要買菸，可是我沒有講
　　　他就會買，之後他就得肺癌死了！

哲弘　孟柏帆同學，你不要太傷心！你不希望你阿公抽菸，可是你阿公死於肺
　　　癌，那不是你的錯，你很愛你阿公，你阿公在天上也會祝福你的，不要
　　　難過了！李泓映Enter——

泓映　在我三四年級時，有兩個很重要的朋友，我真的很喜歡她們（芸旨、慧
　　　意走出來，轉頭和泓映說說笑笑的）但是她們的個性並不是我想像中的
　　　完美，她們很討厭一個女生，常常說她的壞話甚至欺負她、玩弄她！

△芸旨、慧意走到依慈旁邊要她出來，依慈走到左下舞台準備坐下，芸旨和慧意
　將椅子抽走並取笑她。

依慈　唉喲——（很難過的坐在地上）

云旨、慧意　哈哈哈！活該啦！（走到泓映旁邊，一起恥笑依慈）

慧意　好好笑哦！

△芸旨、慧意坐回電腦桌的位子，依慈慢慢起身回位，泓映走到左下舞台。

泓映　對不起！對不起！原諒我，我不想失去她們，所以我不得不用這種方式
　　　傷害你，真的很對不起！對不起！原諒我，原諒我不得不用這種方式傷
　　　害你。

△泓映哭泣著，做抱東西的動作，蹲下扶著椅子，抱著椅子，哭倒在椅子上。

哲弘　李泓映同學，你不要跟那些人來往了，在朋友當中為損友努力是不值得的！你還有更好更關心你的朋友啊！再回去看看龍日明的部落格吧！龍日名Enter——

日明　林哲弘同學，原來你是想知道我部落格裡面的內容，那是越南話那麼我就偷偷的告訴你吧！「自從來到台灣都是媽媽一個人在照顧我，在我生病時，她會陪伴在我身邊，在我難過時，她總會安慰著我鼓勵，雖然我現在還很小不能去工作，但是長大後我一定會賺錢報答她，媽媽，謝謝你！」

哲弘　龍日明你媽媽好好喔！你不能辜負你媽媽，像我只有跟爺爺奶奶住，我好羨慕你喔！你有媽媽在身邊。

日明　林哲弘，其實你也不用羨慕我，有爺爺奶奶陪在你身邊也是一件很幸福的事啊！況且你爺爺奶奶是台灣人，工作較好找，我呢，我媽媽是越南人，工作就不好找了，而且如果我和我媽媽其中一個人生病的話，日子不就更難過了嗎？

哲弘　龍日明，我跟爺爺奶奶住，但我很渴望媽媽的愛，我想她，我想找她！

日明　那你要去哪裡找呢？

哲弘　我不知道，我只是覺得少了一種依靠，我想去找那種感覺，我以後可能不會去學校了，在我找到以前，我不會出現了，就這樣，再見！

日明　喂！林哲弘，你在嗎？你不要走，你在嗎？如果在就回應我！林哲弘！

△歌曲進，林哲弘與龍日明對唱，副歌對唱及所有人合唱。【註二】

....

第二幕

....

日明　想個辦法來找林哲弘好了，好吧！要不然我用即時通發群組給大家吧！「各位同學，林哲弘他人現在已經不見了，我們要不要去找他呢？如果要參加的人，就在明天上午八點校門口集合」。

△及時通訊息音效進。

其他人 蛤？林哲弘不見了？林哲弘怎麼會不見？……我要參加！Enter——

△歌曲進，所有人結合椅子表演歌舞，呈現出發尋找同學的歌舞場面。[註三]

第三募

△將椅子擺成戶外場景。
△日明看著手錶在舞台前徘徊。

日明 奇怪？不是說八點嗎？怎麼都沒人來啊！

△詠程上。

詠程 龍日明！
日明 欸！快點啦！
詠程 林哲弘還沒來？林哲弘勒？
日明 不知道啊！他好像去找他媽媽耶！

△泓映和芸旨分別從走出。

泓映 哈囉！龍日明！
芸旨 李泓映！
泓映 鄒芸旨，嗨！
日明 好啦，我們先去後面講。

△日明和詠程到後面的椅子坐下討論林哲弘的事情。

芸旨 誇張耶！
泓映 其他人怎麼都還沒有來，怎麼那麼慢啊！
芸旨 欸！李泓映我跟你講一件事。
泓映 幹嘛！

△芸旨把泓映拉到左舞台坐下，玉婷從右舞台走出。

玉婷　　嗨！

芸旨　　來嘛！我跟你講，我媽最近就是很奇怪耶！

泓映　　又怎麼了啦？

芸旨　　哦！我上次啊第一次段考不是考第二名嗎？對不對？然後呢，我回到家
　　　　我媽還跟我說，我很粗心、錯一大堆、考不好，叫我下次考第一名給她
　　　　看，唉！

泓映　　你媽也太過份了吧！第二名已經很厲害了耶！

芸旨　　就是說啊！還有上一次，我從補習班回到家，然後整個超級累的，結果
　　　　我媽在沙發上吹冷氣、看電視，好舒服哦！然後呢，竟然叫我泡咖啡給
　　　　她喝！

泓映　　天啊！你媽也太過份了吧？怎麼可以這樣？

芸旨　　就是說啊！有夠受不了她的，她根本就是大小姐嘛！我好像僕人一樣哦！

泓映　　好啦好啦！你不要生氣啦！

玉婷　　嘿！過來聊天啊！

日明、詠程　快點快點！

△芸旨和泓映往同學方向移動走四步定格，音效進。林哲弘從右舞台走出。

哲弘　　媽媽，你在哪裡？我好想你！你到底在哪裡？你知道我在找你嗎？

△音效漸收，芸旨和泓映走到舞台中央椅子坐下。

其他人　快點啊！要怎麼找林哲弘呢？

△琪登從右舞台走出。

琪登　　嘿！我來囉！

其他人　嗨！你來啦！

△琪登跑過去玉婷那停頓在她旁邊。

玉婷	坐啊！坐啊！
日明	有位子幹嘛不坐？

△詠程走向左舞台椅子上坐下。

其他人	趕快坐下啊！坐下啊！
日明	你跟他是不是有在吵架啊？
琪登	不是，我是要跟他講林哲弘的事。
日明	哦，好好好，加油！
其他人	掰掰！

△其他人無聲地討論著。
△依慈和亭薇從右舞台走出，芸旨和泓映到右上舞台。

依慈、亭薇	哈囉！
其他人	哈囉哈囉！
琪登	好啦，對不起啦！
詠程	不要用啦！
琪登	好嘛！我給你打！我給你打！……打我打我！……（兩人拉扯後，詠程被推倒）
詠程	你幹嘛啦！
依慈	他怎麼了？
日明	對啊！不知道耶？
亭薇	他怎麼了？

△玉婷跑到琪登身邊。

玉婷	詠程你幹嘛？琪登欺負你喔？好我幫你打他！

△說完甩琪登巴掌，一陣嘶吼琪登很生氣的追著玉婷跑，跑到平台上的琪登跌倒了，玉婷壓著他，柏帆和偉名從左舞台出來一起幫忙玉婷將琪登的褲子脫掉。

玉婷	快來幫忙啊！
琪登	幹嘛啦！很丟臉耶！
玉婷	幹嘛！玩一下也不可以嗎？
柏帆	對嘛！玩一下不可以喔？

△柏帆推琪登，然後撞到亭薇。

依慈	吼呦！不要玩了啦！今天來這裡是幹嘛的？
亭薇	對咩！白癡哦！幹嘛撞我啊？
琪登	怎樣啦，胖子！來這裡幹嘛？這裡是人來的地方耶！回去你的豬舍吃屎啦！吃屎啦！

△亭薇走到右下舞台，采聲和慧意跑過去安慰她。

日明	安慰她一下啦！

△琪登跑過去拉亭薇的頭髮。

琪登	嘿！豬毛豬毛！
其他人	不要玩了啦！
日明	大家都是同學，不要這樣啦！

△音效進，全部人定格。

哲弘	媽媽，我好想你，我好想要找到你，你到底在哪裡？

△音效漸收。

依慈	黃琪登你這樣很過分耶！
琪登	哎呀！豬又沒有自尊心！
偉名	是怎樣啦？幹嘛在這裡浪費時間？倒不如回家算了啦！
柏帆	今天到底來幹嘛的啦？

依慈　　啊不是來找林哲弘的嗎？

△其他人推日明的頭。

其他人　對啊！不是要來找林哲弘的嗎？
日明　　對啊！他說他想要去找她媽媽！

△芸旨感到不高興的走到舞台前，泓映眼神關心。

依慈　　他媽媽在哪裡呢？
日明　　他媽媽還得癌症欸！
其他人　癌症！
日明　　對啊，現在在住院吧？
其他人　哪家醫院啊？
日明　　台灣那麼多家醫院，我哪知道啊？好啦！反正就是先找到他媽媽再說！
其他人　嗯，對啊！
泓映　　找他媽媽幹嘛？找林哲弘比較好吧！

△芸旨狂點頭，泓映走向芸旨那。

日明　　但是我聽他說，他很想念他媽媽啊！
其他人　對啊！
泓映　　可是，如果我們大家一起去找他，他還是願意回來的啊！
其他人　不一定吧！
泓映　　可是我覺得找林哲弘就好了，沒有必要找他媽媽啊！
芸旨　　對！幹嘛找他媽媽？找到媽媽有什麼用，現在大人以為我們小孩長大
　　　　了，什麼事都可以做的好，要求這個，要求那個的，煩不煩哪！他們是
　　　　人，我們也是人耶！難道，他們不曉得我們的感受嗎？既然這樣，那又
　　　　何必去找媽媽？我才不要找什麼媽媽呢！
其他人　她怎麼啦？吃炸彈哦？她瘋了！

△芸旨和泓映走到右下舞台。

玉婷	她在幹嘛啊？
琪登	有毛病！
玉婷	我們來模仿一下！
琪登	好！
玉婷	水腫針～咻！

△玉婷幫琪登做刺臉動作，準備模仿芸旨和泓映剛剛的對話。

琪登	哦哦！（琪登臉鼓起來）
其他人	他們在幹嘛？
玉婷	媽什麼媽？她只會給你一大堆壓力，還有把你當女傭，嗚哇哇哇～～ （玉婷要做抱琪登的動作，琪登打玉婷巴掌）
玉婷	你幹嘛啦？
琪登	我終於有機會報仇啦！

△玉婷和琪登一陣追逐打鬧。

柏帆	今天是來找林哲弘的，你們不要鬧了！
依慈	不要玩了啦！
日明	欸！為什麼要找她們來，怎麼變成這樣？

△音樂進，劇終。【註四】

註釋

一、引用麻吉弟弟周立銘〈噩夢〉

二、引用范瑋琪〈到不了〉

三、引用元衛覺醒〈Dream〉

四、引用范瑋琪〈雙手的溫柔〉

逆愛，Need Love

編劇：陳義翔規畫，

林哲弘、李子萱、何翰宗、

簡子瑭、簡儀君、黃琪登、

洪采聲、邱鈺婷、簡琳晏、

邱慧意、簡群諺、劉孟璇、

李子萱集體創作

△舞台上擺放著T型平台，這個T型平台是由幾塊長方形木製的平台所組合而成。上舞台區由右至左的組合分別是黃、藍、紅、綠四塊平台。在藍色與紅色平台之間的上面疊上了一塊灰色平台，而藍、紅兩塊平台前面，面觀眾席的方向也組合上兩塊灰色平台，另外，在兩塊灰色平台之間，縱向擺放著一塊灰色平台，看似由灰色覆蓋著黃、藍、紅、綠這四種顏色。

序幕：【缺憾】

△舞台上出現簡儀君、李子萱、莫小樂三個女孩，分別在左下、右下及舞台中央（莫小樂坐在縱向的平台上），三位女孩分別道出他們成長過程中，在家庭生活、環境所發生的缺憾，使他們心裡有些和別人不一樣的感受……

△場燈三閃，音樂進，燈亮。

儀君　（手上拿著日記本和筆記錄著）當世界充滿是非、對錯、愛恨情仇，種種複雜的問題，讓我感到很困擾時，我會躲在屬於我的小世界裡，那就是日記。它就像我知心的朋友，可以傾聽、容納我所有心事，我也可以放下武裝，將平常不敢表現的自己，完全解放在這個小世界裡！

子萱　　一歲多時，父母離異，但，那時懵懵懂懂的我，並不覺得什麼，國小時，每天放學回家，寫完功課、洗完澡、吃完飯，我都在做自己的事情，放學回家時，我都把自己關在小房間裡，不管做什麼，都是一個人……

小樂　　（手上抱著一隻布偶熊）從小，我就很愛哭，所以爸爸都說：哭的時候，要大聲哭出來，不要悶在心裡，還有，我難過的時候，都會躲在衣櫥裡，抱著小熊哭，可是，我常想，我曾經擁有一段很美好的回憶，這是很珍貴的，還有什麼比這個更幸福呢？

△舞台上，陸續出現另外三位同學胡詠程、林哲弘、簡琳晏，他們雖生長在健全的家庭，卻也道出心中的不滿與無奈。

詠程　　在家裡，我是孩子不是佣人，但，爸媽總是叫我做東做西的……

哲弘　　（手拿著一顆籃球）我待在家裡，完全沒有溫暖的感覺，爸媽吵架時，都把錯推到我身上，好像是我的錯一樣，他們，根本不知道我想要的是什麼？他們，真的愛我嗎？

琳晏　　我很討厭我的家，因為在家裡時，我的爸爸、媽媽吃飯都會吵架，我真的覺得很煩！

△舞台上，繼續接著出現三位家庭的爸媽，而這三位同學的爸媽，也彼此抱怨著在生活中的無奈與不被了解。順序分別是詠程的爸媽、哲弘的爸媽、琳晏的爸媽，詠程的爸媽出現在舞台中央的右左區，哲弘的爸媽出現在上舞台的右左區，琳晏的爸媽出現在下舞台的右左兩區。

詠程媽　（手插在胸口）我的老公，總是不懂得我的辛苦。

詠程爸　她總是不懂得體諒我。

詠程媽　他總是把責任，推給孩子。

詠程爸　就算，我工作的再累、再辛苦……她都覺得我很輕鬆。

哲弘媽　孩子總是不懂，我為他所做的一切，但我就是對他好，什麼時候他才能成熟點，不再這麼孩子氣，什麼時候他才能夠了解，我對他付出的愛？

哲弘爸　平常，都是我在賺錢養家，你只顧慮兒子，難道，我們這樣叫做一對恩愛的夫妻嗎？

琳晏媽	為什麼每次都由我來解決問題？
琳晏爸	我不是沒有主見，而是想尊重你們。
琳晏媽	你也可以提出一些意見啊！又不是只有我一個人能做主。
琳晏爸	我是因為愛你們，所以才尊重你們。
儀君	父母的關係——
子萱	就像是跟孩子的——
儀君、子萱、小樂	（齊聲）一場競賽！

△歌曲進。[註一]

第一幕【籃球】

△哲弘爸走向前，將哲弘手上的球拍了出去，而球被琳晏爸搶去，琳晏媽也搶走了莫小樂手上的布偶熊，丟給了哲弘媽，哲弘媽將布偶熊丟往左側台裡面。

| 哲弘爸 | （拍球）玩什麼球！給我拿過來！ |
| 琳晏媽 | 玩什麼熊！（搶了布偶熊丟往後面去） |

△孩子們一臉困惑不知道做錯了什麼？問著爸媽，卻得不到回應，而三位女孩齊聲說著：我們來幫你！琳晏爸與詠程媽走到了下舞台右左兩區洗球，音樂進。
△歌舞當中，以三隊三對三鬥牛的方式進行。三隊分別為1.父親2.母親3.孩子三隊。
△舞台燈暗，過場樂進。

第二幕【秘密基地】

△舞台上以平台組合成不規則的形狀，由右至左的顏色分別是藍、黃、白、紅、綠，白色平台則是塊正方形的平台，放置在舞台中央的左區，紅色平台在上舞台左區，白色平台朝觀眾席的方向，延伸出兩塊灰色平台。
△同學們下課後，紛紛聚集到學校附近的秘密基地聊天。在言談間，盡是些孩子們的無厘頭笑話，但，在李子萱、簡儀君、莫小樂的笑話背後，藏著她們家庭中的一些秘密，她們以自嘲的方式，轉化家庭中所發生的一切。燈亮兩位女同學放學經過秘密基地。

鈺婷　　（講著手機）喂～媽，來接我回家。

婷聿　　借我一下手機，謝謝！（拿走了鈺婷的手機，兩人往左舞台下）

△李子萱、簡群諺、劉孟璇三個人從右上舞台進，一邊聊著天。

子萱　　欸～你不覺得主任最近怪怪的嗎？一直巡堂，感覺更年期來了一樣！

群諺　　喔！他更年期早就過了好不好！

孟璇　　對呀！有夠煩的！一直巡堂！

子萱　　對呀！

群諺　　ㄟ！秘密基地到了耶～

孟璇　　白痴喔！這裡就是啊！

群諺　　吼～有沒有幽默感啊！

子萱　　沒有ㄟ！

孟璇　　好啦，不要聊這個了，你在學校有沒有發生什麼好玩的事啊？

子萱　　嗯……啊！今天巡堂我被主任抓！

孟璇　　蛤？

群諺　　你巡堂！

子萱　　喔！不是啦！主任巡堂（快速的講）被我抓，嗯不是，抓我被——

孟璇　　應該是主任抓你吧！

子萱　　抓你媽啦！

孟璇　　為什麼要抓我媽？

子萱　　問你媽。

群諺　　你要抓他媽哪裡？

子萱　　嗯，都可以。

△三人大笑。

子萱　　好啦！不要笑了，我講個正經的笑話給你們聽。

群諺　　笑話有正經的喔！

子萱　　當然有啊！（所有人齊笑，走向白色平台坐下）

子萱　　從前從前，有一個農夫，農夫有一個農場，農場裡面有一棵樹，樹上只
　　　　有一顆水果，那你們猜是什麼水果？

群諺　　香蕉？

子萱　　錯！是香蕉的朋友。

孟璇　　芭樂?!

子萱　　我還香蕉你個芭樂勒！

孟璇　　那到底是什麼水果？

子萱　　一顆李子！

群諺　　李子長在樹上嗎？

子萱　　對啊！

孟璇　　對呀！綠色的，小小顆綠綠掛在樹上。

子萱、群諺　　（齊聲）那是棗子吧！

子萱　　白癡！你在亂接什麼話啊！

群諺　　我還把一隻綠色烏龜掛在樹上勒！

子萱　　你怎麼不把你自己掛在樹上！

群諺　　烏龜掛在樹上比較好看啊！

子萱、孟璇　　（齊聲）你白癡！

子萱　　不要亂接！

△三人大笑。

△小樂、琳晏、儀君三人分別進入秘密基地。

小樂　　（從左舞台進）嗨！我來了！

群諺　　你來囉！

子萱、孟璇　　嗨！（跟莫小樂打完招呼後，又看見琳晏、儀君也跟他們打招呼）

小樂　　ㄟ！你們在笑什麼啊？

群諺　　沒有啊！剛剛李子萱講了一個很白痴的笑話。

小樂　　是喔！

孟璇　　對呀！超白癡的！裡面還有人跟烏龜耶！

群諺　　屁啦！明明就有一個人連棗子跟李子都分不清楚。

儀君　　什麼笑話啊？

小樂　　講來聽聽啊！

子萱　　我剛剛已經講過了，再講一次就不好笑了啊！

小樂　　拜託啦！（儀君、琳晏也跟著拜託起來）

群諺	再講一次啦！
孟璇	對呀！再講一次啦！
子萱	好啦！好啦！從前從前……（所有人定格不動）

△音樂進，燈光變換。

子萱	（緩緩走向下舞台左區）大家好，我叫李子萱。父母他們的自私影響了我的一切，他們的自私決定了我的生活，他們的自私讓我變成沒有父母疼愛的小孩。這就是愛？愛的定義我有多少嚮往？一切的故事該從一歲多時開始講起……（從口袋拿出了圍兜兜戴在脖子上，並往舞台中央走去、躺下，不時的發出嬰兒的叫聲）
媽	（從左舞台進，感覺剛從從熟睡中醒來，去摸了摸子萱）子萱，你怎麼了？（語畢，坐到灰色平台上。子萱爸提著公事包，穿著的襯衫打著領帶卻衣衫不整的從左舞台進，從太太身後經過）
媽	（不悅）你還知道要回來呀！都幾點了！怎麼這麼晚才回來？
爸	（不耐煩）工作啊！
媽	工作？那錢呢？
爸	（生氣）沒有啦！
媽	（起身朝先生背後抓著衣服）不是去工作了，怎麼會沒有錢！
爸	（轉身用手揮開了太太的手）老子不幹了不行啊！
媽	我看這都是藉口吧！
爸	信不信隨便你啦！
媽	我看你是把錢拿去花天酒地玩女人了對不對？
爸	對啦！要不然你是想怎樣！
媽	想怎樣？你把錢拿去玩女人，你還敢這樣跟我講話！（推了先生）你到底有沒有為這個家付出啊！
爸	（用力推倒了太太）你不想待就給我滾啊！
媽	你到底是不是男人啊！嫁給你真倒楣！我要跟你離婚。
爸	離就離啊！怕你啊！你這個賤女人！給我滾！滾得越遠越好！
媽	你敢罵我賤女人（語畢，起身，向前去打先生）你到底是不是男人啊！
爸	（推開太太）我看你是不要命了！
媽	你敢推我！

爸	我不只敢推你！我還敢打你！（語畢，往前去朝太太頭上打下去，太太跌坐在地上，子萱爸瞪了太太一會兒後轉身離開拿起公事包，走了幾步又轉身）
爸	死八婆！（語畢，往右舞台離開，子萱媽歇斯底里的叫著，接著往左舞台緩緩離開，子萱從舞台上起身走回剛剛獨白的位置）
子萱	就這樣，他們的身影，從我的生活裡，遠離了……模糊了……不見了……這就是我的故事。（語畢轉身回到剛剛與同學聊天的位置上）一顆李子！

△所有人從定格不動恢復成原來的樣子嘻笑著。

儀君	（愉快的）那個笑話不好笑啦！我講一個更好笑的。
孟璇	我們要先走，補習要遲到了。
子萱	你們是要去約會吧？
群諺	我們要去補習了啦！
孟璇	（起身）我們是要去補習班！聽不到了，下次講給我聽喔！
琳晏	好～Bye～bye！

△孟璇、群諺從左舞台下，儀君坐到子萱與琳晏的中間。

琳晏	你不是要講笑話？
子萱	講啊！快講啊！
儀君	好，話說有兩隻豬（說完指左右兩邊）是一對夫妻（站起來往右前方移動）牠們不知道怎麼搞的竟然生下了一隻小狗（慢慢轉過頭看林哲弘）你看我幹嘛？
哲弘	不能看你喔！
子萱	因為她覺得你是那隻狗。
哲弘	我是狗，那你們兩個就是豬囉！
子萱	（情緒轉為冷酷）所以呢……
哲弘	（畏縮）沒事，繼續——
儀君	所以這兩隻豬都感到非常驚訝！

△子萱、琳晏深呼吸眼睛睜大看著儀君。

儀君　於是母豬就問公豬說，你是不是在外面亂搞？
琳晏　（複誦儀君的話，看著子萱）你是不是在外面亂搞？
子萱　（憨言，不自覺的回答）我沒有啊！

△林哲弘忍不住笑了出來。

子萱　笑點在哪？
哲弘　沒有，沒事，繼續——
儀君　然後，公豬就反問母豬說——
子萱　其實你是一條母狗，對吧！
琳晏　我才不是勒！（語畢，發出豬叫）

△林哲弘忍不住又笑了出來。

儀君　於是，這兩隻豬發現並不是彼此的問題，而是上天開了個玩笑，所以就
　　　決定拋棄這隻小狗，（堅定欣喜）這就是遺珠之憾的由來！
子萱　這是遺狗之憾吧？
儀君　喔！對喔！
眾人　（打鬧著儀君）白痴喔！什麼遺珠之憾啊！（一群人邊打鬧著，儀君一
　　　邊與同學打鬧著，並笑著躺在地上）
儀君　（大笑尖叫著）這就是遺珠之憾的由來，哈哈哈！

△笑聲漸弱，所有人靜止不動，儀君起身走向下舞台。

儀君　大家好！我叫簡儀君，記得有一次上國文課時，老師教到一句成語叫
　　　「遺珠之憾」，同學們就轉過來看我，對著我說：遺君之憾！讓我印象
　　　很深刻。記憶中，還有那麼一點印象……在兩歲什麼都不懂的我，失去
　　　了一個完整的家庭，我的爸媽沒有結婚就生下了我，他們沒有陪在我身
　　　邊、看著我成長，讓我獨自承受這不能改變的命運。

△語畢，儀君拿著筆記本和筆走到右下舞台畫畫，童言童語，媽媽從左舞台進，
　默默看著儀君，嘆了口氣，似乎有心事。

儀君　　我有一個爸爸和媽媽，還有我！這就是我的家……（懷疑看著觀眾）

△爸爸從左上舞台進，手上拿著酒，搖搖晃晃走進來，喝了一身爛醉，媽媽聽見
　腳步聲，往右舞台走去轉了彎，停在先生面前。

媽　　　你還知道要回來啊！賺的錢呢？
爸　　　（台語）別吵啦！我很累我要去睡了。
媽　　　（生氣）每次回來都喝了一身爛醉，你在外面到底有沒有在工作阿！
爸　　　（台語）你很煩ㄟ！恁爸我賭博賭輸了，已經很不爽了，別再惹我抓狂！
媽　　　又去賭博！你到底有沒有把我們母女放在眼裡，沒有錢，叫我們母女怎
　　　　麼過日子！你除了一天到晚喝酒和賭博你還會幹什麼？（語畢推了先生）
爸　　　（打了太太耳光、台語）你是聽不懂我說的話喔！（抓狂拳腳打媽媽）
　　　　我已經很不爽了攔在那邊吵！是欠打嗎？我管你們要怎麼活！我養自己
　　　　都來不及了！

△媽媽發出哀嚎的聲音並且被打到倒在地上，原本在畫畫的儀君，轉身看見這場
　景，馬上爬去媽媽旁邊。

儀君　　媽媽，你怎麼了……

△爸爸坐在白色平台上，四分之三背台，繼續喝酒說風涼話。

爸　　　（台語）不要裝死啦！
媽　　　（慢慢爬起來哭著對儀君說）儀君，媽媽真的好累！
爸　　　（台語）去死死好啦！
媽　　　家裡都沒有錢，你還小你不會懂事（哭泣），爸爸賺錢都不拿回來，我
　　　　們真的過的好苦好苦！
爸　　　（台語）有沒有錢，我要買酒啦！
媽　　　你年紀還小，要讓你有好一點的成長環境，我決定要帶你離開這個家。

爸　　　（台語）出去死一死，給車撞死好了！

△媽媽緩緩起身牽起著儀君的手，轉向左舞台像是牽著儀君自己獨自往左舞台下。

儀君　　（看著媽媽）媽媽……媽媽……媽媽……
爸　　　（台語）死女人，幹！你那還有沒有錢？我要買酒，（太太從左舞台下
　　　　後，爸邊講邊往右舞台下）看看房間裡面還有沒有藏錢。
儀君　　（起身拿起筆記本和筆走往左下舞台）從那一天後，媽媽就帶著我四處
　　　　流浪，在那一段模糊的記憶裡，我只記得媽媽帶著幼小的我，到很多
　　　　朋友家住過。至於，我對爸爸的印象，就在媽媽帶我離開的那一刻結束
　　　　了。（語畢，躺回剛剛與同學打鬧的位置）
　　　　這就是遺珠之憾的由來～！

△所有同學從靜止不動恢復繼續打鬧，胡詠程從右舞台進，看見同學在玩。

詠程　　（開心）你們在幹什麼？
子萱　　怎麼樣！關你屁事！
詠程　　不是，我是看你們一個男的四個女的玩成這樣……
哲弘　　幹嘛！你想英雄救美呀！
小樂　　就是說呀！哈哈！

△眾人齊笑。

詠程　　好！（拿出手機）我來把它拍起來，上傳到我的部落格，一定會有很多
　　　　人來看，我的人氣就會衝高……（碎碎念）
小樂　　（走到詠程那欲阻止）你在拍什麼呀！
詠程　　（將手機轉向莫小樂拍）這是經國國中的莫小樂。

△莫小樂嚇到尖叫轉身離開，詠程繼續轉往其他同學那拍。

詠程　　這是簡儀君、李子萱、簡琳晏……哈哈哈！

△眾人怒罵詠程：白癡喔…智障喔…你自己在碎碎念什麼啊。

小樂　　對了！我這陣子常常看見一個啞巴在自言自語耶！

眾人　　啞巴自言自語？

小樂　　喔！不是啦！

哲弘　　（打斷小樂講話，並帶動作說話）那聾子不就會聽音樂了。

子萱　　瞎子不就會過馬路了。

琳晏　　那牛不就會在天空飛了。

△眾人齊笑。

儀君　　欸！詠程，大家都講了，那你是不會接一個喔！

詠程　　（進入思考，其他同學發出秒針倒數的聲音）嗯……喔……那就……外
　　　　星人在垃圾桶裡面……（眾人齊笑）

小樂　　哈哈哈！（邊說邊做表演）外星人在垃圾桶裡！哈哈哈！

△眾人齊笑。

子萱　　好了啦！你剛剛說那神經病講什麼？

小樂　　（突然轉變為神經病）他們都不知道我有多難過，大家都不關心我。
　　　　唉！（瞪大眼睛看著儀君）青眼白龍！我找到你了！不要在躲起來了我
　　　　要去找你！（語畢全身無力，突然又站到平台上大喊）我要殺了你！這
　　　　裡好高啊！都沒有人要理我，我要從這裡跳下去（向是站在高樓一般，
　　　　用手指著地上）

子萱　　（慌張）你不要衝動啊！

哲弘　　（緊張）要不要報警啊！

儀君　　（開心的）乾脆叫外星人救她好了。

△同學們用嘴巴發出卡通的聲音來配音。

詠程　　（變成外星人的樣子／頭擺動手不規則轉動，看著莫小樂像是要發出外
　　　　星光波射向莫小樂，接著看著同學）嗶……喂！好了沒啊？

△同學們漸漸收起胡鬧的情緒。

小樂　　後來，那個神經病找到了一個人跟她聊天。

子萱　　（開心）那神經病跟他講了什麼？

小樂　　（憨憨的）我們來玩Do Re Mi～Hay～Apple～apple～

儀君　　（回應小樂）Hey orange～

哲弘　　（回應小樂）tomato～

子萱　　然後那個人跟神經病講什麼？

△小樂聽完坐住不動、轉頭、弄亂了頭髮、扮了鬼臉、轉回正面發出怪聲、靜止
　不動。同學們愣住，然後打鬧、拉扯罵小樂白痴喔！歡笑著。

子萱　　那他們是誰？

小樂　　（笑著說）是我爸媽，哈哈哈！

△所有人狂笑、笑聲漸弱……所有人靜止不動。

小樂　　（起身走向下舞台）一個家如果少了一個人，那就不是一個完整的家庭
　　　　了。我的家從沒幸福過，（小樂的媽媽帶著小刀從右舞台進，獨自坐在
　　　　地上自言自語，感覺像是精神病患，小樂轉過頭去看了一會兒媽媽），
　　　　這是我的媽媽，因為家庭的壓力，而讓她產生了憂鬱症，我的家就像地
　　　　獄般沒有光明，也沒有溫暖，只有打架聲和爭吵聲，這種景像和爭吵
　　　　聲，是我最討厭看見的，也是最不想聽到的，但是，這也是我無法忘記
　　　　的……（語畢，走到左舞台坐在平台上）

媽　　　（慌張的）他們怎麼還沒回來？是不是不要我了？（惶恐）不對！他們
　　　　應該是在忙！（憂愁）還是在外面有女人不要回來了……（繼續自言
　　　　自語）

爸　　　（從左舞台疲累的走進，停在下舞台中央）在外面找工作已經很累了，
　　　　回到家，又看到太太有這樣的病，我更累了，現在我在外面找不到工
　　　　作，家裡的經濟收入又只靠我一個人，太太的情緒很不穩定，我很擔心
　　　　她，擔心她會有自殘的現象，或是去傷害人。

媽　　　（轉頭看見先生、起身，情緒激動）我要殺了你！（衝過去要殺先生）

爸	（抓住太太的手臂，用力將刀子甩掉，氣憤的）你不要再鬧了好不好！
媽	（跌坐在地難過）我就知道你們開始討厭我了！
小樂	（轉過頭看見）媽媽，媽媽，你怎麼了？
媽	你爸爸推我！
小樂	你幹嘛推媽媽！
爸	再這樣繼續下去，（雙手伸上去抓頭）全家都會變成瘋子的⋯⋯（緩緩蹲下）
小樂	從那一刻起，我的家就像一顆破碎的心，每一個人的態度都無比的冷淡，我的心好糟也好亂⋯⋯（語畢，轉身往舞台中央走去）。

△燈暗，歌曲進[註二]，在歌曲前三句分別由李子萱、簡儀君、莫小樂獨唱，第
　四句三個女孩齊唱，接著再由所有孩子共同合唱，之後皆由所有人一起合唱。
　在歌曲第四句合唱時，三個家庭的父母也進入到舞台，停在家庭故事中衝突的
　位置，輪流表演之前的衝突點後，再退場，間奏時舞者進入。
△燈暗，過場樂進。

第三幕【轉捩點】

△平台的組合只改變了右舞台的藍色與黃色平台，黃色平台在下，藍色在上，兩
　塊平台打斜面向觀眾席，看似像一張床。

子萱	（從右舞台進入，坐在白色平台上） 我沒有和別人不一樣　也是四肢健全　五官正常 我是女生　從小　我媽就離開我的身邊 所以我就很缺乏母愛　然後我就把對愛的渴望 投射在同性的身上 （語畢，看看手錶露出等待不耐的樣子，往右下舞台走去）死小孩，都下課那麼久了！

△何韶柔不好意思的從右舞台進。

子萱	不是說要去看燈會？人呢？

韶柔　　對不起，等很久了吧！

子萱　　沒關係，走吧！（牽起韶柔的手，走向舞台中央左區）

子萱　　唉！你媽呢？

韶柔　　在那啊──（手指著右舞台前方，子萱露出尷尬的樣子）別想那麼多
　　　　嘛……

子萱　　走！我們去看花燈。

韶柔　　嗯！

△兩人閃避著人群緩緩走到左舞台。

子萱　　人好多噢！

韶柔　　晚上會更多人。

子萱　　對啊！所以我要把你抓住。（牽起手往上抓十指緊扣）

韶柔　　（害羞）小毛說，他覺得女生十指緊扣很噁！

子萱　　吼！別理他啦！他不過是根毛罷了！有一句俗語不是說：「吃不到葡萄
　　　　說葡萄酸」嗎？我想大概就是這個意思吧！（互看微笑）

韶柔　　你看那裡有好多許願牌喔！（兩人向前走了幾步）

子萱　　對啊！這裡都是情侶寫的，就像我們一樣。

韶柔　　天空好美，我要在這裡許願。（做出許願的動作）

子萱　　（繞過韶柔後面環抱著）李子萱會永遠愛何韶柔。

韶柔　　嗯……我也是。

△兩人擁抱接吻，兩人靜止不動。

子萱　　（緩緩移開嘴，慢慢走向下舞台）我以為只有跟同性交往才會幸福，
　　　　但……最後都是傷了又傷，痛了又痛，直到現在依然都是……

韶柔　　（從靜止中恢復）對不起，我想我們還是分手吧！我需要的還是男生的
　　　　關愛，對不起！

子萱　　（故作堅強整理服儀）沒關係，習慣了。

△韶柔緩緩的轉身離去，從右舞台下，在下去之前又看了子萱一眼，韶柔退場
　　後，子萱失落的一個人從左舞台下。

△儀君的阿姨拿著餐具從左上舞台進，將餐具擺放在白色平台上，儀君背著書包
　感覺疲累的從左舞台進來。

儀君　　阿姨，我回來了。

阿姨　　（端著盤子）你回來啦！

儀君　　（放下書包）阿姨在煮飯啊？我也來幫忙。

阿姨　　沒關係，飯煮好了！一起來吃吧！

儀君　　哇！今天的菜好豐富喔！還有我最愛吃的魚耶！

阿姨　　吃飯囉！今天在學校有沒有發生什麼有趣的事呀？

儀君　　（邊吃邊聊）哪有什麼有趣的事！我今天遲到就被生教組長處罰，又被
　　　　班導罰出工差，然後還跟同學吵架……剛剛下雨，地板超滑，我還摔了
　　　　一跤！真的是很衰的一天，怎麼這麼倒楣啊！

阿姨　　早上遲到，就是你不對囉！被處罰當然是應該的，下次就要早一點睡，
　　　　要給自己警惕，不要再遲到了！還有你剛剛跌倒有沒有怎麼樣？

儀君　　跌倒很痛，但是沒有受傷。

阿姨　　沒有受傷就好，走路要小心點！你怎麼跟同學吵架？

儀君　　就我心情很不好啊！他們就一直弄我、打我，然後我就兇他們，他們也
　　　　就生氣了。

阿姨　　那可能你突然擺個臉，他們也不會看臉色啊！你也不要直接兇他們，這
　　　　樣他們當然會生氣，所以你要好好講，告訴他們請你不要再煩我了，我
　　　　現在心情很不好，像這樣好好跟他講，他們可以接受吧！你了解嗎？

儀君　　（微笑）我知道了！（放下碗筷，阿姨依然繼續吃著飯菜）

△音樂進。儀君走向右舞台的床上，用手觸摸著床然後再用整個身體去感覺，側
　躺著。

儀君　　跟媽媽一起流浪了四年，我六歲時，那一年遇到了和我同母異父的姐
　　　　姐，她和我差了二十幾歲，當時因為她看媽媽已經邁入中年了，還酗酒
　　　　糟蹋自己的身體，覺得根本無法照顧我，於是把我交給了一個想要女兒
　　　　的朋友，也就是我的養母，她照顧我一直到我國小畢業之後，我姐姐告
　　　　訴我阿姨（回過頭看了阿姨），也就是我媽媽的妹妹，她知道媽媽還生
　　　　了一個我，感到很驚訝！她認為我不應該生活在沒有血緣的家庭裡，而

決定代替我媽媽扶養我長大，從國一開始直到現在，一直都是阿姨照顧我。（儀君說完走回去餐廳坐下）

儀君　　（繼續吃了兩口飯）阿姨，我吃飽了！我來幫忙收！

阿姨　　（微笑）好，那今天就給你收囉！（走進左舞台）

儀君　　（開心收拾著餐具）嗯嗯～

阿姨　　（拿著生日蛋糕進來）儀君！

儀君　　（回過頭看見蛋糕）阿姨！

阿姨　　生日快樂！（將蛋糕放到桌上）

儀君　　阿姨，謝謝你！

阿姨　　我們來唱生日快樂歌吧！祝你生日快樂……（唱了一段，阿姨繼續唱著歌，沒有聲音只有動作；儀君走向下舞台）

儀君　　這是我出生以來，唯一感到溫暖的家，和阿姨相處了短短兩年，比起養母照顧了七年、還有和媽媽一起的六年，讓我感受眾多的關愛，阿姨，她就像媽媽一樣無微不至的照顧我，她把我當成自己親生的孩子，給我無比的愛，讓我感受到我並不是和別人不同。我雖然沒有爸媽，但我也擁有著疼愛我的人就足夠讓我感到幸福，我的爸媽，他們雖然選擇離開我，但我並不恨他們當初的拋棄，我不怪他們沒責任的丟下我不照顧，因為我知道這是命運，誰都改變不了。唯一能改變的是我的心，恨只會讓自己更難受，與其難過何不讓自己解脫，畢竟他們生下了我，讓我可以看到這世界，畢竟他們仍是我的父母。（語畢，走回到座位坐下繼續跟著阿姨唱歌）

阿姨　　Happy birthday to you～（拍手）許個願望吧！許完願要吹蠟燭。

△儀君閉上眼睛許願，阿姨趁儀君認真許願的時候，用手指頭沾了蛋糕，往儀君臉上抹去）。

阿姨　　生日快樂！哈哈！（起身欲逃跑）

儀君　　可惡！（將蛋糕拿起來要砸阿姨）

阿姨　　救命啊！

儀君　　不要跑！

△兩人追逐，往左舞台下，燈暗。
△右舞台病床上躺著莫小樂的父親，父親的身體相當虛弱。

小樂　　（從右舞台進走到下舞台）爸爸因為工作受傷的關係，而不能講話，就每天待在家裡酗酒，漸漸的家裡的人都不想理他。媽媽的病好了，但爸爸的身體卻越來越虛弱……所以，現在由媽媽一個人擔起扶養我們的責任，我覺得媽媽真的好辛苦……（轉頭看了躺在病床上的爸爸）全家變得只有我有時間來看他。（從右舞台繞過，在進門前整理了一下心情，走向病床）爸爸，我來看你囉！爸爸，我跟你說喔！你還記得嗎？（爸爸將頭轉到另一邊去，感覺自己很愧疚，想說話卻又發不出聲音）你跟我說過，笑比哭好，我現在常常笑喔！可是，只有上個禮拜，同學玩球不小心丟到我，我就哭了，可是，我只有哭一下下而已喔！所以，爸爸你之前答應我的事情要做到喔！（爸爸將頭轉過來、點頭、用力辛苦的回應小樂）你說你晚上要帶我去看星星，（爸爸病情突然惡化，樣子看起來很痛苦，小樂看著爸爸的樣子，很緊張的哭了出來）爸爸你怎麼了！（小樂不斷的叫著爸爸，情緒很激動，哭的越來越大聲）〈歌曲進〉[註三]

△舞者一個人隨著音樂，從左上舞台進，之後歌手也從右舞台進。在這首歌當中舞者像是用肢體詮釋了三個女孩心裡的一種情境，歌手則像是以歌聲安撫了這三個女孩的心。儀君和阿姨在從左舞台走進來，兩人愉快的聊著，並沒有發出聲音，子萱獨自一個人從左下舞台進，躺在灰色平台上，然後緩慢的做出失戀後的她每天的生活。過了一會兒，韶柔也從右下舞台進，同樣的也做出分手後所過的生活，有些相似，卻是不一樣的心情。莫小樂的父親漸漸離開病床後，舞者也開始往右舞台移動直到走到白色平台，獨舞，舞者在歌曲結束前從左舞台下。

第四幕【最初的愛】

△白色的平台打斜放置在舞台中央，將其它平台一起組合成風車的樣子，順時鐘的顏色分別為綠、藍、黃、紅，紅色平台底下壓著兩塊灰色平台，這個風車組合成的舞台，分別出三個家庭的環境，下舞台是哲弘家，左舞台是詠程家，右舞台是琳晏家。
△哲弘家，父親在家看著報紙，母親接著從左舞台進。

媽	最近哲弘成績好像一直往下掉呢！要不要考慮給他補習呢？
爸	唉呀！不用啦！叫老師幫忙盯一下就好了嘛！
媽	嘖！跟你講真的咩！
爸	我也跟你講真的啊！叫學校老師盯一下就好了！何必要浪費錢讓他去補習呢？
媽	吼！你覺得學校老師會只顧一個學生嗎？學校老師要顧的是全班學生耶！而且哲弘去補習也沒什麼不好啊！
爸	吼！有學校老師就夠了，拜託！你省點錢好不好？別一直把錢花在哲弘身上！
媽	ㄟ！我只是問你要不要給他補習，你幹嘛把錢的問題推到我身上！

△這時哲弘帶著子萱回家，從右舞台進。

哲弘	爸媽，我回來了！有同學來家裡喔！
子萱	（將哲弘拉到一旁）ㄟ！你爸媽跟我爸媽長得好像喔！
哲弘	（驚訝後轉為不以為意）真的喔！（語畢，兩人走到黃色平台坐下）
媽	嗯！哲弘的同學呀！你吃過晚飯了嗎？
子萱	不用客氣了！
媽	沒關係啦！就一起吃頓晚飯吧！
子萱	喔！好！謝謝阿姨！
爸	哲弘要補習，錢你自己想辦法。
媽	自己想就自己想，以後飯你自己煮，衣服你自己洗！
爸	好啊！那錢以後就各付各的，自己賺自己要用的錢！
媽	好啊！
哲弘	別吵了啦！那我別去補習不就好了！反正我也不想補！
媽	你不去補習，你難道要放任自己的功課嗎？
哲弘	補了又能怎樣？我就是不想讀書嘛！
媽	那你以後10年20年後要怎麼辦？
哲弘	就算功課好又怎樣？現在就連唸到博士都很難找工作耶！
爸	你看你兒子自己也不想去補啊！
子萱	好了！別再吵了！哲弘1＋1等於多少？
哲弘	3。

媽	你白痴啊！連這都不會。
爸	現在學校老師怎麼教的?!
子萱	等一下！哲弘說的沒錯！1+1其實真的大於2。
爸	怎麼現在老師跟以前教的都不一樣？

△哲弘家燈暗，換詠程家燈亮。詠程家，爸爸下班在家看電視、休息，做著自己的事，母親在一旁忙自己的公事，然後拿起手機打電話。

媽	我的手機怎麼打不出去了！你是不是沒去繳錢！
爸	我工作很累為什麼還要我去繳，而且那是你的手機又不是我的。
媽	算了！那我自己去繳總可以了吧！
爸	那麼兇幹嘛！你不會叫詠程去繳喔！
詠程	等一下我有同學要來。
爸	同學有比爸媽重要嗎？他是哪位大人物啊！
媽	對了，你同學要來，是男的還是女的？
詠程	女的。
媽	叫什麼名字？
詠程	簡儀君。
媽	來幹嘛？
詠程	打電動。
爸	就只知道打電動！
媽	你兇他幹嘛！我是叫你去繳又不是叫兒子去繳。
爸	我就說我工作很累啊！
媽	你連繳費都不肯幫我繳，你是不是男人啊！

△爸爸看到儀君走進來，聲音轉變得很做作壓抑著。

爸	你不會自己去繳喔，要不要幫你到杯茶，按摩按摩你的腿啊！
媽	（驚覺）有人！
爸	嗯，有人來了那你不會倒茶給客人喝嗎？
儀君	不用了謝謝！
爸	怎麼那麼見～～（看著太太）外啊！

媽	去就去，但家裡沒人喝茶你是不知道嗎？家裡還有飲料，這還是我上次去買回來的呢！那你是不是可以去幫我去繳電話費了呢？（語畢，從左舞台下）
儀君	（疑問）那是你爸嗎喔！
詠程	（點頭）嗯！
儀君	他們平常都這樣嗎？
詠程	對啊！

△媽媽拿著鋁箔包飲料走出來。

儀君	（因感覺詠程家爸媽怪異，特別客氣的拱手問候）叔叔、阿姨你們好！

△媽媽與爸爸，看見儀君突如其來的拱手問候傻眼。

爸	（像古人似的）好～好～好～請坐！請坐！
媽	（像古人似的）同學、同學，請用茶。

△爸爸對詠程比手畫腳，感覺在跟詠程說你同學腦筋怪怪的。

媽	（做作的語氣）那你現在可以去幫我繳錢了嗎？
爸	（做作的語氣）我就說工作我很累呀！
媽	（有點忍不住憤怒）你工作累！那我在家打掃就不累呀！
爸	（有點忍不住憤怒）還不知道是誰在家偷懶啊！
媽	（憤怒）我偷懶！如果我偷懶你還可以在這舒服的看電視嗎？
爸	（憤怒）我去上班還要看老闆臉色！你勒！
媽	（極為憤怒）所以你回來我還要看你臉色，什麼道理真是氣死我了！
儀君	（突然難過大哭起來）看到你們這樣，讓我想起了我爸媽……
爸	（疑惑）什麼？
媽	（八卦的口吻）離婚啦？
儀君	他們還沒結婚就下了我……（突然轉為鎮定且大聲）然後他們就像你們一樣一直吵，（繼續哭起來）最後留下我一個人。
媽	那他們人呢！去哪裡了！

儀君	我也不知道？（又鎮定的說）那不重要，我只是希望你們不要跟我爸媽一樣，所以我要提供你們一個方法！
爸	什麼方法？
儀君	slow motion……

△詠程家燈暗，換琳晏家燈亮。
△琳晏的爸媽正在討論晚餐要吃什麼。

媽	今天晚上要吃什麼？
爸	看你想吃什麼都可以啊！
媽	我覺得義大利麵不錯，你覺得呢？
爸	我要吃什麼都可以，最主要是看你喜歡吃什麼？
媽	你又繞回來了，重點是——到底要吃什麼？
爸	隨便！
媽	你去吃屎好了啦！
媽	琳晏啊！你想吃什麼？
琳晏	媽，我同學等一下要來我們家，我們晚餐要吃什麼？
媽	你怎麼跟你爸一樣！大家都不要吃好了！
琳晏	（火大）等一下我同學要來我們家你們在吵什麼！（拿著手機走至右舞台，帶著莫小樂進來，莫小樂背著側背包吃著棒棒糖）
媽	（暴怒）我不管了，要吃什麼自己看著辦！
小樂	叔叔、阿姨你們好！（看著琳晏的爸媽都不講話，舔了兩下棒棒糖）要不要吃棒棒糖（從背包裡拿出三支棒棒糖給琳晏和琳晏爸媽）
媽	（隨手拿了棒棒糖過來）氣死我了！
爸	吃棒棒糖，好啊！（拿棒棒糖過來）
小樂	你們剛剛在吵架喔！
媽	都是這個男人哪！連吃什麼東西都不知道！
爸	我明明就是吃什麼都可以，誰說我吃什麼東西都不知道，我是尊重你們，看你喜歡吃什麼我都可以接受。
琳晏	平常他們都是這樣吵啊！連吃個飯都要想半天，不知道在搞什麼，氣死人了！還好我現在已經學聰明了，都會先偷吃一點麵包。
小樂	你們好有趣，（停頓思考了一下）最好是能像卡通那樣吵架。

媽	天真，大人的世界不像你們小孩想的一樣。
琳晏	你不要跟他們講那些啦！他們有他們的世界……

△燈暗，哲弘家燈亮。

子萱	剛剛哲弘說得沒錯，其實1＋1真的大於2！因為愛不就等於1＋1，you and me！

△哲弘靠到子萱身上。

子萱	你幹什麼？
哲弘	配合你一下啊！
子萱	喔！那你可不可以再娘一點！（哲弘做了個很娘的表情動作面向觀眾）噗！（子萱轉回來繼續說）當初相愛是我和你的二人世界，如今多了哲弘，所以不再是二人世界了！
哲弘	所以大於2！（離開子萱身上再轉回來）對啊！你們每次吵架，都把錯轉到我身上，我只是功課不好而已，你們卻要我補習，難道這就是你們愛我的方式嗎？（語畢，走到媽媽旁邊坐下）
爸	（生氣）你講那什麼話？我跟你媽生你養你，供你吃供你住，讓你去學校上課，你考那什麼成績？現在還敢講這種話！你這個不孝子！
媽	（生氣）你平常有時間都不陪兒子，現在兒子鬧脾氣，你還這樣罵他，你到底有不有做到父親的責任啊！
爸	平常都是我在賺錢養家，你都待在家裡，你是怎麼教兒子的？我沒時間教兒子你要教啊！ 現在把他教成這樣，你說這是什麼樣子？要不是我在外面賺錢養你們，你們要怎麼過日子？難道我這樣做叫作沒盡到做父親的責任嗎？
子萱	等等！我知道叔叔賺錢的辛苦，也懂阿姨持家的努力，你們是很棒的父母，努力給孩子最好的一切，但工作之餘，有時也該多多陪孩子，不過，要先解決心情才能解決事情！有時候放鬆自我，別把自己逼太緊。
媽	（難過）那該怎麼做呢？
子萱	首先，要給對方肯定的語言！
爸	肯定對方？

子萱　　對呀！叔叔、阿姨你們現在要給對方一句讚美的話，從對方身上找出
　　　　優點。

△叔叔阿姨尷尬的看了一下對方。

子萱　　叔叔你要不要先給阿姨一句愛的語言？
爸　　　我喔？嗯……（害羞的）謝謝你把家裡打掃的這麼乾淨，有時候我工作
　　　　回來就直接可以吃飯了。
子萱　　換阿姨了！叔叔每天辛苦賺錢回家，你是不是也要給他一句讚美的話
　　　　呢？
媽　　　該我囉！（害羞的）謝謝你每天那麼辛苦的工作，賺錢養家。
子萱　　那叔叔阿姨，你們現在的感覺怎麼樣？有沒有好很多？
媽　　　感覺還不錯！
爸　　　嗯！（點頭）
子萱　　好！那下一個是服務的行動，叔叔每天辛苦工作，回到家都累攤了！所
　　　　以阿姨是不是可以給叔叔按摩按摩呢？
媽　　　按摩喔？好吧！（過去幫先生按摩肩膀）
爸　　　嗯……對對對……旁邊一點，嗯，好舒服喔！
子萱　　那叔叔你是不是也要一點行動呢？

△燈暗，詠程家燈亮。

爸　　　slow蝦咪？
儀君　　slow motion就是慢動作。好！那我們現在來練習一遍！
爸、媽　（齊聲）那麼快！
儀君　　對！那我們就先從叔叔你剛剛說你工作很累那句開始——
爸　　　（猶豫了一下）你先、你先，女士優先。
媽　　　好啊！我先就我先啊！
儀君　　那阿姨我們從最兇的那句話開始——
媽　　　（一邊回想並覆誦）好！就那句——
儀君　　好！那阿姨我們就來囉！
媽　　　好，（深呼吸）好緊張喔！

儀君	好！5、4、3、2、action！
媽	（憋氣著說）你連繳費都不肯幫我繳，你是不是男人啊！
儀君	阿姨，剛剛速度有點不對，聽起來感覺像是在便秘。
媽	喔！是嗎？
儀君	阿姨，我希望你照剛剛那句話的速度再慢個三倍。
媽	好，我試試看！
儀君	好，我們再試一次！5、4、3、2、action！
媽	（很慢的速度）你連繳費都不肯幫我繳，你是不是男人啊！
儀君	好！我覺得做的很好！那我們換叔叔來一次。
爸	好！那我就接你剛剛那句話——

△燈暗，琳晏家燈亮。

媽	用娃娃音吵架怎麼吵啊？
小樂	你們有沒有看過卡通？
媽	很少！
爸	沒有吧！
小樂	（看著叔叔）真的沒有？
爸	（台語）有啦！有看過那個無敵鐵金剛啦！（裝成熟）
小樂	那你會不會唱無敵鐵金剛？
爸	（開心）會啊！（破功一下繼續裝沉穩）
小樂	（欣喜的樣子）你們要不要用卡通的聲音吵架。
爸	為什麼要用卡通的聲音吵架？
小樂	這樣吵架就不會傷害到對方，不要像我家人，以前我還以為他們都不吵架，後來才知道他們都是一直在壓抑自己，到後來漸漸爆發，這樣就很難收拾了……
媽	這樣會比較好嗎？
小樂	不然你們要不要試試看！
爸	但是我不會用卡通的聲音吵架。
媽	我也不太會耶！
小樂	（思考）卡通的聲音，就像琳晏小時候你們跟她講話的聲音有點像，很可愛的聲音。

爸	你小的時候，我們是怎樣跟你講話的？
琳晏	我哪記得啊！
媽	就是（做出懷裡抱著琳晏的動作）來～琳晏乖，喝奶奶囉！
爸	喔！對對對！琳晏好乖喔！嗯ㄇ嗯ㄇ～

△琳晏和小樂笑了出來。

媽	你哪時抱過琳晏啊！都是我在帶的耶！
爸	我也有帶過她好不好！
媽	哪有？
小樂	叔叔，你裝的好像喔！
爸	我不是裝，我是真的有帶過！
小樂	那你先啊！
爸	好啊！（清了一下喉嚨，以下大家都以娃娃音在對話）隨便呀！
媽	又隨便，什麼都隨便！你去吃大便啊！
爸	我是尊重你的意見，不然我想吃什麼東西還要想這麼久喔！誰會管你吃什麼？
媽	那你想吃什麼不會說喔！
爸	唉！你學的不像啦！我學的比較像！
媽	（帶動作）明明就是我學的比較像，你那是什麼鳥聲音啊！
爸	（帶動作）什麼鳥聲音……你學的聲音又有多像！跟雞的聲音一樣！
媽	（帶動作）雞？我還鴨咧！
爸	（帶動作）什麼鴨！再講下去我肚子就要餓扁了。
琳	（帶動作）對嘛！什麼雞和鴨，再講下去我肚子也要餓扁了。

△莫小樂用娃娃音在一旁笑著。
△燈暗，詠程家燈亮。

儀君	好！我們直接來囉！
爸	（精準的慢動作）你不會自己去繳喔！要不要幫你倒杯茶，按摩按摩你的腿啊？
儀君	很好！（掌聲）

爸	好！感覺不錯！那我們再繼續接著來。
儀君	好！來吧！
爸	那你不會叫兒子去繳費。
詠程	（慢動作）等一下我有同要來家裡打電動。
儀君	叔叔、阿姨那我先過去打電動囉！（走到詠程旁邊）

△燈暗，琳晏家燈亮。

△琳晏家爸媽用精準的在用娃娃音吵架，燈暗，詠程家燈亮，看見詠程爸媽用慢動作在吵架，發出了奇怪的聲音。燈暗。

△詠程、琳晏兩家同時燈亮，琳晏家在娃娃音吵架，詠程家在用慢動作吵架。燈暗，哲弘家燈亮；爸爸正在幫媽媽按摩腿。

子萱	接著就是精心時刻！
父母	（齊聲）精心時刻？
子萱	嗯，就是給對方一個驚喜，有時候你們可以去個燈光美氣氛佳的地方，或是老公下班已經準備好一桌美味的飯菜、燭光晚餐來等他回來，接著，再來一首浪漫的音樂。（音樂進）

△父母兩人聽見了音樂之後，轉變為緩慢的動作，彼此變得有點不好意思，父親用手將太太的下巴輕輕抬起，像是要接吻一般。

| 子萱、哲弘 | （齊聲學狼叫，並做出狼的樣子）阿嗚～～ |
| 子萱 | 再來就是，身體的接觸！可以常常抱抱對方，親親啊！牽牽手呀！像這樣的甜蜜恩愛，是金錢買不到的。 |

△父母恩愛的抱在一起，看似很甜蜜。

| 子萱 | （站到黃色平台上）千金難買早知道！最後一個就是送禮！叔叔你可以試著存了一大筆錢，買一顆鑽石給阿姨，我想阿姨收到禮物是不會罵你的，只會更愛你唷！（轉頭看阿姨）阿姨你如果有私房錢也可以買一台跑車送給叔叔，我相信他也不會介意的。解決爭執和傷害最好的辦法是饒恕，解決爭吵和傷害最好的辦法是溝通，當我們願意去愛，去標明 |

別人的善意與長處時，就能發現到，愛其實是投其所好，並非是給己所要，爭吵是一種病，只要在傾聽中就能找到醫治，當我們受到壓力與無助時，只要想到相愛時的那種信任感，清晰感，那再苦都能熬得過。

△父母兩人從甜蜜的擁抱中漸漸回過神來

媽　　　對了！你是怎麼知道這些的？
子萱　　（停頓一會兒）因為，以前你們就是這樣——
所有孩子齊聲　愛我們的！

△歌曲進。【註四】
△燈暗，劇終。

註釋

一、引用麻吉弟弟周立銘〈籃球〉
二、引用季欣霈〈小世界〉
三、引用林依霖〈轉捩點〉
四、引用季欣霈〈25〉歌詞改編為快15

第 三 卷

火燄的青春

編劇：林柚蓁、陳素瓊、黃雅君、林富美
修訂：謝鴻文、李美齡

第一場　悶

場景：安安家及社區

△安媽抱著一疊公文上。

安媽　現代女人真辛苦，要溫柔賢慧，聰明能幹，白天上班晚上回家還要做一堆家事，今天公事一堆又要加班，真希望能有三頭六臂就方便囉！好了，好了，不發牢騷，來去打個電話看看我女兒安安書唸得怎樣？

△音樂下。
△安安在書房，頭上戴著加油二字的布條看著書，越看越煩）。

安安　好煩哪！我快要爆炸了（閉著眼並抱著頭），我需要透透氣，（她站起來並打開了窗戶，用力的做了個深呼吸），去樓下涼亭吹吹風好了。（手拿著課本邊走邊說：眼看就要升國三了，為了基測一天到晚補習，壓力好大真是惡夢連連，又不想辜負爸媽的期望，哎！）

△荳荳迎面走來，對著安安興奮大叫。

荳荳　安安，安安！

△安安看到荳荳並招了一下手。

安安　荳，你也出來透透氣啊！

荳荳　不是啦，我從窗外看到你，專程下來找你的（不懷好意的樣子），ㄟㄟ！明天要考試，書讀得怎麼樣啊？

安安　哎！還在努力中（無奈狀），有點煩，下來走一走。

荳荳　嗯！看在同班同學的份上，那……明天再幫忙一下囉！記得把考卷拉下來借我參考參考，感激不盡喔！

安安　為什麼不自己認真唸書，我寫的答案也不一定是對，看我的考卷，得到的分數也不是真的啊！

△荳荳開始顯得不耐煩。

荳荳　管他的，反正應付應付啦！不講了，記得喔！晚安，拜！

安安　真是掃興，早知道就不下來了！（安安聳聳肩，無奈的走回家）

△鈴鈴鈴！安安一回到家就聽到電話聲。

安安　喂！媽，對啊！吃飽了，在看書，明天要考試，嗯！有點煩耶（生氣）！剛荳荳找我，＃＠～，好，你等一下哦！

安安　（叩叩叩的敲門聲）姐！媽找你講話啦！

安安　（對著電話說）媽！那我要回房念書了喔！拜拜！（轉身）哦～姐！你在幹嘛啦！媽找你講話ㄟ，慢吞吞的！

△瑞琪帶著一本雜誌一臉不悅走出。

瑞琪　（捲起雜誌假裝打安安）你很討厭，催什麼催啦！去唸你的書啦！

△安安對瑞琪裝鬼臉，瑞琪也回應回去。
△瑞琪接過電話，把電話夾在頭和肩膀之間仍看著服裝設計的雜誌。

瑞琪　媽！嗯，我吃飽了啊！等一下要和同學去圖書館看書……

安安　騙人！

瑞琪　什麼（假裝驚訝狀）！你今天要加班，哦！好啦！好啦！我會認真看

書，我要走了喔，同學在樓下等我了，再見再見！（掛下電話後掩嘴偷笑，瑞琪坐在椅子上隨手翻雜誌，過一會煩燥的不停看手錶並焦躁的走來走去）明明約好七點的，到現在人還沒來，真是急死人了。

△噗噗噗，一陣摩托車聲音傳來，瑞琪走到窗戶邊往外揮揮手。

瑞琪　　你總算來了，我馬上下去！

第二場　演唱會

△在社區外的宇正騎著摩托車等瑞琪，車子上有火燄標誌，瑞琪跑得上氣不接下氣向宇正跑來。

瑞琪　　（臉很臭）哎喲！怎麼這麼晚才來，周杰倫的演唱會都快開始了！
宇正　　抱歉，我也是剛剛才跟朋友拿到票，前排搖滾區耶！
瑞琪　　好啦！快走啦！要不然就來不及了！
宇正　　（遞安全帽給瑞琪，安全帽上有火燄標誌）這次又怎麼跟你媽說的啊！
瑞琪　　還不是老藉口啊！
宇正　　喂！幹嘛不老實跟你媽說你要去看演唱會，每次都要假藉去看書的理由，又不是做什麼壞事！
瑞琪　　唉喲！我告訴過你，我媽好討厭，一天到晚叫我唸書，還說高中生的本份就是要考上好大學……
宇正　　每個媽媽不是都這樣？

△瑞琪瞪了宇正一眼，然後嘴嘟嘟的。

瑞琪　　還說，要是讓她知道我利用唸書的時間去看演唱會，我不被罵死才怪！
宇正　　連我都想罵你。
瑞琪　　你敢，明知道我只對服裝設計方面感興趣。
宇正　　那你就應該去說服你媽呀！
瑞琪　　對對對！如果事情像你說得那麼簡單，我還需要這樣偷偷摸摸嗎？

△瑞琪邊說邊戴安全帽，但沒有扣上安全帽帶，然後連忙跨上摩托車。

宇正　　那出發囉！

△沒想到宇正一發動車又緊急煞車，瑞琪身體往前擠然後安全帽就掉了。

瑞琪　　（大聲喊）陸宇正！你故意的！
宇正　　哪有？（偷笑）快把帽子扣緊。（回頭看一下），走囉！

△宇正才剛騎到現場，瑞琪安全帽都沒脫，馬上跳下來急著往前跑，忽然想到什
　麼又跑回。

瑞琪　　宇正，快點！快點！（回頭抓住剛把摩托車停好的宇正往前跑）
宇正　　（拍瑞琪的頭）安全帽！
瑞琪　　對喔，差點忘了！

△背景音樂：周杰倫的歌聲。
△二人超興奮的入場了。
△安可歡呼聲中，二人邊講話邊出場。

瑞琪　　這次的演唱會真是棒透了（回味狀）！尤其那鑲鑽的服裝，真是超
　　　　酷的！
宇正　　嗯！有機會我們再去看阿妹的！

△此時瑞琪的老師也從會場中走出來。

老師　　瑞琪！你也來看演唱會啊！
瑞琪　　（很興奮的叫著）老師！你……你也來看哦！
老師　　當然囉！看演唱會又不是年輕人的權利，我也很喜歡周杰倫啊！

△瑞琪高興的點點頭。

瑞琪　　噢，對了，老師，跟你介紹一卜，這是我朋友叫陸宇正。

瑞琪　　宇正，這是我以前國中的老師，現在也是我妹的導師。

宇正　　老師好！

△老師對宇正點點頭。

△瑞琪好像突然想到什麼。

瑞琪　　老師，有一件事可不可以請你幫忙……

老師　　（台語）啥米代誌？

瑞琪　　（想支開宇正）宇正，你先去把摩托車騎出來，順便幫我買杯咖啡，我
　　　　跟老師還有話講。

宇正　　可是我想陪你啊！

瑞琪　　好啦（撒嬌的靠著）！乖，等一下就讓你陪！

宇正　　好吧！

△宇正點點頭，退場。

△瑞琪轉頭看著老師。

瑞琪　　老師，請您不要把在這裡看到我的事告訴我媽，我騙我媽說我去看書，
　　　　要是她知道的話，我就慘了！

老師　　（台語）那ㄟ按呢！這不是什麼壞事情啊！

瑞琪　　我媽一天到晚叫我唸書，要我考上台大，可是我也想像吳季剛一樣……

老師　　吳季剛是誰？

瑞琪　　老師，您不知道嗎？2009年美國總統歐巴馬就職時，他的夫人穿的衣服
　　　　就是他設計的而且他上次還有回台灣哦！（瑞琪眼睛睜發亮並慢慢走到
　　　　舞台前端）如果有朝一日，像蔡依林、周杰倫這樣的明星穿上我設計的
　　　　服裝站在舞台上表演，對我來說，真的很有成就感耶……（瑞琪側身揮
　　　　手作邀請狀）

△音樂進，此時模特兒穿上奇裝異服在舞台上走秀。

△音樂停，老師走到了瑞琪的旁邊，拍拍瑞琪的肩膀。

老師	瑞琪，不管是什麼行業，只要是自己所喜歡的，都得努力去付出，才能創造出自己的舞台，你媽媽那方面啊！你放心，就由老師去說吧！

△瑞琪的臉上充滿了感激的笑容，輕輕拍拍手。

瑞琪	謝謝老師！我都畢業這麼久了，老師還這麼關心我，噢！對了，老師，安安在學校還好嗎？
老師	她成績很不錯喔！
瑞琪	剛剛我要出門的時候，好像有聽到安安在跟我媽說荳荳要看她的考卷耶！我也不是很清楚啦！（聳聳肩）
老師	好，我會去了解這件事的，謝謝你告訴我，那再見囉！
瑞琪	老師再見！（換自己以走秀的姿態先走向前再退場）

第三場　孤單

場景：荳荳家客廳。

△荳荳拿著一串大鑰匙，悶悶不樂的回到家，把鑰匙放在桌上，再拎起便當。

荳荳	哎！每天都吃便當！真是一點胃口也沒有。（看到桌上的紙條大聲唸出）晚上媽要加班，會晚一點回來。一天到晚加班，到底要加到什麼時候，錢錢錢，只愛錢不愛我，每天叫我吃便當，如果我吃得營養不良、吃到肚子痛她也不管嗎？明天要考英文數學物理化學，管他的，到時候再看安安的就好了，反正看安安的分數不會差到哪，媽那邊可以交差就好了，還是上網看看我的金城城好了。

△打著鍵盤，雖然自言自語但語氣很興奮。

荳荳	連線連線，小城城我上線了哦！咦！人呢？金城城——金城城——你在嗎？
城城	（以痞子辛仔走姿進場，邊扣衣褶袖後移至電腦處，一口不標準的台灣國語）呵呵呵！荳荳，偶素有一件大素情要跟你縮喔，偶最近剛談成

　　　　　了一筆大生意……

荳荳	（驚呼高興狀）啊！恭喜你賺大錢囉！
城城	啊偶素想說慶祝慶祝啦！
荳荳	那要怎麼慶祝呢？
城城	啊反正偶們兩個已經認識一……兩個禮拜了，偶們就來見個面好了。
荳荳	見個面？我們才認識一兩個禮拜，嗯……嗯（猶豫狀），我願意跟你見面交往啦！
城城	哈哈哈哈！啊偶素縮擇期不如撞日，那就約在明天下午兩點在○○見面。
荳荳	明天喔！下午啊！那明天見囉！
城城	明天見囉！明天見囉！（一副已羊入虎口的狡猾嘴臉）

第四場　上勾

△手機響。

城城	喂！荳荳，啊素到了沒？
荳荳	喂！我是荳荳！
城城	在那裡？

△二人繞了一圈，最後二人背靠背撞到彼此而互相指著對方。

城城	唉喔，你素荳荳啊！你縮你長得像習肉先（指徐若瑄），口速一點都不像吶！比較像那個阿美賊（指許純美）啦！
荳荳	看清楚一點。（荳荳氣得把下巴抬得很高）
城城	（左右上下地端詳荳荳）嗯！鼻孔很像！
荳荳	為什麼你本人看起來比照片老？
城城	那造片素偶珠前的，因為最近心環又操勞，所以就變老了！走走走！不要生氣啦！偶請你出飲料啦，然後有素要找你參詳。
荳荳	喝飲料就喝飲料，什麼出飲料！

△城城拉著荳荳往飲料店走。

城城	你看，偶連飲料都幫你叫好了，VIPㄋㄟ＼！坐啦……（兩個人都坐下）
荳荳	你不是說有事要和我參詳嗎？什麼是參詳？
城城	參詳就素商量，就素跟你talk talk啦！
荳荳	什麼事呢？
城城	你素偶意過最善良的女孩租，偶素想要跟你交往（用台語）啦！
荳荳	什麼是高甕？
城城	（國語）啊就素交往啦！（台語）啊那A台語攏不會？
荳荳	不好意思吶！我們家是外省人，我還小，我媽不准我交男朋友，但是……我願意啦！
城城	哈哈哈哈哈，爽！（挪動椅子更靠近）啊我的肩膀給你靠一下，叫一聲哈妮聽聽看！
荳荳	哈……妮……
城城	（起身移動至前舞台對前方大喊）頭家，是多少錢啦，來把錢結一下啦，免找啊！

△接下來城城拿了一把零錢放在桌上，荳荳還熱心的數一數並排好，城城抓起拿去付帳。

荳荳	嗯嗯看來我是交到一個又帥又有錢的男朋友呢！
城城	（晃回椅子旁）就縮免找了，那飲料喝不完就拿走啦，來去囉！

△城城拉起荳荳移動著，突然荳荳停住，城城表現拉扯不動狀。

荳荳	你今天跟我見面，就只是要跟我說我是很善良的女生而已嗎？
城城	心愛的小美倫（搭肩），你的哈妮偶最近不小心撞到了一隻狗，狗主人要我賠醫藥費還有小狗的精損賠償啦！要請你幫忙一下，等下夠月領薪水再還給你。
荳荳	我身上沒有多少錢，你要借多少呢？

△城城先側身對觀眾說：「當然素頁多頁好啊！」再對荳荳說：「幾千塊就好。」荳荳側身拿起包包數著錢，城城斜眼偷看著。

葺葺　　　這是我這個月的零用錢，給你我就沒有了。

△城城一把搶去葺葺所有的錢。

葺葺　　　都給你，那我就沒有錢可以吃飯了！

△城城搭著葺葺的肩膀。

城城　　　偶可以帶你去偶一個朋友開的餐廳給他出免錢。

△葺葺面有難色。
△城城想了一想，放長線釣人魚，最後拿了二張鈔票還給葺葺。

城城　　　這些只有一點點！精神損失就不祖這樣！偶素你的哈妮吶！好啦！好
　　　　　啦！那如果還有的話，要跟偶縮喔！那偶敢叔間，小美倫（勾葺葺下
　　　　　巴），我先走了，撒喇那啦，晚上我們再MSN。（城城給了葺葺一個
　　　　　飛吻下）

第五場　　沉迷

場景：葺葺房間

葺葺　　　哈妮……怎麼這麼晚還沒上線？我在等你耶！（突然眼睛一亮）終於
　　　　　上線了～
城城　　　心愛ㄟ葺葺，你豬道嗎？祝從分開豬後，偶每一分每一秒攏勒想你吶！
葺葺　　　真的喔！（呵呵呵笑得很開心）
城城　　　嗯，也要謝謝心愛小美倫的幫忙，可素錢還素不夠。
葺葺　　　我現在沒有錢了……
城城　　　啊！偶真的很煩惱，因為狗主人隔卡電話來討錢，我就叫他麥攔卡，可
　　　　　素……總之，還素要請你幫忙啦，因為你是我的哈妮耶！（邊下台）
葺葺　　　好吧！我再想辦法好了，到時再跟你連絡。（葺葺起身）要找誰幫忙
　　　　　呢？（思考的樣子）對了，遠親不如近鄰啊！

△荳荳起身去安安家，按電鈴叮咚！叮咚！瑞琪來開門。

瑞琪　荳荳，是你啊！
荳荳　瑞琪姐，請問安安在嗎？
瑞琪　你等一下，我去叫她。
瑞琪　安安，荳荳找你哦！（瑞琪退下舞台）

△安安走出，對荳荳很不耐煩的表情。

安安　荳荳，什麼事？
荳荳　有件事要再請你幫忙……
安安　什麼事？
荳荳　我想跟你借錢。
安安　借錢，要做什麼啊？
荳荳　是這樣的，我有一個網友遇到困難，＠＃＄＃＠～
安安　我沒有錢啦！
荳荳　那可不可以幫我跟你姐借？
安安　好吧！但我不保證能借到喔！
安安　姐～
瑞琪　什麼事？
安安　荳荳有事要請你幫忙：因為＠＃＄＃＠＠～
瑞琪　荳荳啊！你確定你要幫那個網友？現在網路詐騙很多，你要不要考慮一
　　　下，你不要被騙哦！
荳荳　不會啦！他對我很好耶！雖然我們才見面一次，但好像認識很久了，這
　　　幾個禮拜以來，他很關心我，對我很好，會問我吃飯了沒，書唸得怎
　　　麼樣？
安安　花癡！
瑞琪　啊！總之，我還是覺得怪怪的，你要小心哦！我現在身上只有幾佰塊，
　　　先借你吧！要還哦！
荳荳　他不是壞人啦！你看到他就知道了，謝謝你借我錢，不要告訴我媽喔，
　　　再見！（荳荳輕盈喜悅像跳舞般的下場）

瑞琪	（對著觀眾說）我們不保證喔！
安安	姐，你不覺得怪怪的嗎？
瑞琪	我也這麼覺得，希望荳荳沒事。

第六場　和解

場景：安安家

△叮咚！叮咚！門鈴聲響，安安開門讓老師進來。

安安	老師好，請坐。（安安招呼老師坐下，再轉身叫媽媽）媽～老師來了！
安媽	（拿著鍋鏟走出）老師您好，我正在煮晚餐，等會兒您要不要留下一起吃個飯？
老師	不要麻煩，我已經吃過了，安媽我是要跟你談談安安的事情。
安媽	（坐下並表示）我們家安安是不是在學校出了什麼狀況？
老師	安安媽媽，安安課業上很認真哦，在學校表現真的是可圈可點，班上這次組團參加戲劇比賽演出，我希望安安能擔任主角……

△媽媽聽到前面安安課題表現很高興，聽到後面卻一下子面有難色起來。

安媽	老師啊！求學階段不是應該以課業為主嗎？她參加這些課外活動不太好吧！可不可以請別人參加呢？

△安安在旁邊摺衣服，睜著大眼看著自己的媽媽。

安安	媽，我想要參加啦！
安媽	參加那些沒用，只是分散你唸書的時間而已！

△安安看看老師，希望老師可以幫助她說服媽媽。

安安	老師……

老師	安安媽媽，其實你不用擔心這些事，雖然求學階段要以課業為主，但孩子追求自己的興趣，並努力的去執行，都值得我們去鼓勵啊！行行出貢丸！啊！不是，是行行出狀元（台語）相信你的孩子吧！
安媽	不行！

△安安生氣的把衣服塞進行李箱裡，行李箱上有火燄標誌。離別感傷的音樂下，安安起身走至舞台前，慢慢走著。安安做動作時，安媽和老師則呈定格狀態。

瑞琪	老師……

△安媽突有所領悟……

安媽	安安，你去參加比賽吧！媽媽為你加油哦！（打氣狀）
安安	YES！（回頭走並將行李廂拖走）
安媽	老師謝謝你的提醒，我應該多瞭解孩子的心，更重視孩子的興趣。
瑞琪	那我呢？那我呢？
安媽	對於瑞琪，我也不再硬逼著她考上台大了，只要她對設計有興趣，我們一定會支持她。
瑞琪	（抱住安媽脖子）謝謝媽咪，我房內有自己設計的東西，等一下我拿給你看看！
安媽	有幫我設計的款式嗎？
瑞琪	有，當然有！
老師	安安媽媽，嗯！還有一件事，有關荳荳的，安安，你要不要跟我們說說荳荳為什麼不讀書偷看你的考卷，還有聽說她跟你們借錢。

△安媽又扳起臉孔。

安安	（先吞吞吐吐，然後比手劃腳地說）就＠＃＄％～

第七場　把愛找回來

場景：荳媽辦公室

△總機小姐嘰哩聒啦講電話，總機桌子有火燄標誌。

△老師拿著資料對著地址，推推眼鏡，然後走進荳媽的辦公室。

總機	您好，請問，有什麼事嗎？
老師	我跟林美麗經理有約。
總機	好，請您等一下。（先下場拿一杯水再上）

△老師看看四周的環境。

總機	（導引老師走到會議室）請先坐一下，喝杯水，經理等一下就過來了。
荳媽	老師您好！請坐請坐，不好意思，讓您到上班的地方碰面。（荳媽招呼老師坐下，總機伸長脖子偷聽並打電話同步該對話內容談此八卦）
老師	荳荳媽媽，是我不好意思，你這麼忙還堅持跟你碰面，不過，為了荳荳我們必須好好聊聊。
荳媽	（神情凝重）荳荳怎麼了？
老師	荳荳在學校成績並不是你看到的那樣。
荳媽	老師您可以再說清楚一點嗎？荳荳成績雖然沒有名列前茅，不過也一直保持在前十名不是嗎？
老師	其實荳荳逼同學給她看考卷，還帶小抄。
荳媽	怎麼會，不可能，老師您是不是誤會她了？這孩子怎麼會這樣呢？（荳媽晴天霹靂）
老師	不要急，您先聽我說，因為她知道您重視成績，但她始終達不到你的要求，您又不常在她身邊關心她，所以她這麼做其實是想引起你注意。
荳媽	我們母女相依為命，我這麼努力賺錢為了什麼？（荳媽欲哭無淚的樣子）
老師	荳荳媽媽，親情是不能用金錢替代的。你知道荳荳最近交網友，還借錢給網友的事嗎？
荳媽	（驚訝的樣子）交網友？怎麼可能呢？怎麼可能？

老師　　請問你跟孩子上次聊天是什麼時候的事呢？

△荳媽面有難色，搖搖頭說不出話來。

荳媽　　我希望給她更好的生活環境。
老師　　荳荳是個善良的孩子，她很孤單很需要愛，再多的錢也無法填補這個空
　　　　缺，不要忘記，孩子的成長過程只有一次。

△荳媽點點頭。

荳媽　　老師說的我懂，也謝謝您的提醒，以後不管再怎麼忙，我也一定要找時
　　　　間陪她。
老師　　那你繼續忙我就先告辭了。
荳媽　　難道我真的錯了嗎？

第八場　揭穿真面目

場景：公園

△警察東張西望上場，走至一個定點後，耳朵小蜜蜂裡傳來聲音。

警察　　收到，還沒發現目標。
警察　　（對著觀眾問）有沒有看見壞人？你是不是壞人？（警察往觀眾席走
　　　　下去）

△荳荳進。

荳荳　　小城城剛剛打電話來說他要去買花送給我，好浪漫喔，可是怎麼這麼晚
　　　　了還沒到？
城城　　（有點喘氣地帶著一朵玫瑰花上）心愛小美倫，花送給你，聽縮你借到
　　　　錢了，太好了，狗然素偶心愛的啦！錢呢？錢呢？
警察　　目標出現（對觀眾）噓！

荳荳　　（接過花）都沒說想我，心裡就只要錢錢錢。看在花的份上，就不跟你
　　　　計較了。

城城　　好好好，我好想你哦！（看著鈔票）

△就在荳荳拿錢要給城城時，警察出現。

警察　　林阿財！

荳荳　　他不是林阿財！他是金城城。

警察　　林阿財化名金城城，金城城就是林阿財。

△城城看見警察慌慌張張，藏身在荳荳後方。

警察　　林阿財，你別想跑！

△老師和荳媽上場但荳媽靜默無語在角落觀望。

老師　　在那裡！在那裡！

△城城與警察展開追逐，老師加入而呈慢動作奔跑狀，音樂可以配合像電影《火
　戰車》配樂的感覺，荳荳愣在一旁不相信的看著這一切；最後城城進入警察的
　手銬中。

荳荳　　你們為什麼要抓他？

老師　　荳荳啊！我們和警方合作追查，發現他利用上網詐財，騙了很多女生，
　　　　有不少人檢舉他了。

城城　　沒辦法啊！很多女生都看偶帥啊，真素太好騙了！（還一臉得意並吊兒
　　　　郎噹的樣子看著荳荳）可素偶沒有騙你！

警察　　還敢說這種話，真是沒良心。（敲打被銬住的城城）走，跟我們回
　　　　警局。

△城城頭低低的。

荳荳	城城，我等你……
荳媽	傻孩子，他是騙子，他騙你的。
荳荳	沒有啦！他沒有騙我啦！（荳荳靠著媽媽的頭哭泣了起來）

第九場　重拾歡樂

場景：荳荳家

荳荳	今天又是一個人在家吃便當……（坐著發呆）

△安媽一家三人帶著蛋糕和禮物上。

安安	媽，荳荳自從她的網友被抓了之後，一直都很不開心，今天她生日，希望她可以找回快樂。
安媽	是呀！大家都是好鄰居，也是好同學，應該多關心她一下。
瑞琪	這就是單親家庭的心酸，荳荳媽媽也真辛苦，今天她還是得加班要晚一點才能回來陪荳荳，我相信她心裡一定很不願意這麼做。

△安媽一家三人去按荳荳家電鈴，荳荳一臉落寞出來開門。

大家	生日快樂！
安安	荳！這是我做的卡片送給你！
瑞琪	荳！這是我設計的裙子送你。
安媽	荳荳呀，你媽媽跟我們說她會晚一點回來，她要我們先幫你過生日，來！大家來唱生日快樂歌。

△大家一起唱生日快樂時，荳媽回來。

荳媽	荳荳，對不起，媽回來晚了，生日快樂！你們吹蠟燭了嗎？荳荳你許什麼願望呢？
大家	荳荳你許了什麼願望？
荳荳	尤尤尤！小叮噹幫我實現所有的願望。只可惜我的城城不能來。

大家　　（各自從桌底下拿棒鎚）執迷不悟！打！

△所有人拿棒鎚打荳荳，荳荳喊著：「城城～」。

生活NEW一下

編劇：徐惠嬪、李愛玉、郭宸偉、
呂尚娟、王楊阿雲

第1場

場景：社區

△場上有六位演員。李阿伯坐在左上舞台最左方椅子上，阿花、兒子站在左上舞台中後方，郭阿婆站在較近中舞台。阿娟在右下舞台右方，阿雲站在右下舞台左方。

△音樂下：回家，李阿伯表演，其他演員靜止不動。李阿伯坐在門口不斷張望，右手拿著蒲扇搧涼，像在等待什麼，偶爾拿起手機看看，偶爾站起來走來走去。累了，便坐在椅子上打起瞌睡。當聽到有開門聲或開窗子的聲音時，便提起精神，以為是自己等待的孩子回家來了。

△音樂下：酒咁倘賣嘸，郭阿婆表演，其他演員靜止不動。郭阿婆佝僂的撿拾社區居民排出的資源回收物，經過挑選後整理妥當準備賣錢。整理完後遠遠的站在一旁，用奢望的眼神看著路過行人手中的瓶瓶罐罐，當又有居民提著回收物靠近時，她便敏捷的向前準備撿拾。孤獨身影在舞台間來來回回，卻不與人交涉。

△音樂下：容易受傷的女人，阿花、兒子表演，其他演員靜止不動。阿花準備晚餐中，同時盯兒子看書，訓誡兒子，但心思繫在尚未回家的老公身上，不斷的開關窗戶，想要在第一時間得知老公到家。

△音樂下：溫泉，阿娟表演，打掃工作室，折疊毛巾。阿雲表演，無所事事、走來走去。

第2場

場景：阿娟家

△阿雲，想要去找阿娟作臉，便撥了通電話。阿雲及阿娟表演，其他演員靜止不動。

阿雲	今晚沒什麼事！很久沒有按摩了，來打電話問阿娟有沒有空？（拿起電話撥號）喂！阿娟！我阿雲啦！今晚有空嗎？
阿娟	（拿著話筒）喂，你好！阿雲喔！你今天耐這閒？我現在剛好沒客人！你現在趕快過來。
阿雲	好！我現在就過去！馬上就到嘿！

△阿雲走向阿娟的工作室。

阿雲	（叮咚叮咚）嗨！阿娟！
阿娟	阿雲喔！啊你吃飽沒？你怎麼那麼久沒來？
阿雲	我吃飽了！（台語）最近卡沒盈！
阿娟	來！來這裡坐好！
阿雲	好，謝謝！很久沒有做，要給我做卡功夫一點。
阿娟	阮是好厝邊，這是一定的啊！（開始進行按摩）
阿雲	阿娟，我問你喔！你有沒有注意到31號的李阿伯，常一個人在發呆，或是走來走去，看起來很孤單！我聽人家說他喔，有兩個兒子，都很會賺錢，可是都住在國外，為甚麼不把李阿伯接過去住呢？是不是怕老人家麻煩、嘮叨，或是嫌他老了，沒有用了？
阿娟	哎呀！你不要這樣說啦。每個父母都是望子成龍、望女成鳳，那個李阿伯也都是很用心在栽培孩子啊！個人有個人的事業和家庭，更何況他兒子請了一個外勞來照顧他！算不錯了！
阿雲	請了外勞有什麼用？至少要常常回來啊！不要讓老人孤單！

阿娟	國外那麼遠，隨人一家口，那也是沒法度！
阿雲	說的也是！（阿娟繼續再按摩）還有，還有，住在35號的郭阿婆，我每天都在一樓的垃圾箱看她都撿寶特瓶跟紙箱賺錢，看起來很可憐，年紀這麼大了還這麼歹命，真不知道她的兒女是在做甚麼？
阿娟	喔！我有跟她聊過，因為她老公中風住安養院，她的孩子各自有各自的家庭啊，她想說反正也閒閒，加減賺一些所費。
阿雲	甚麼養兒防老？在這個現實的社會裡有什麼屁用！還不如養一條狗！父母親養兒育女再苦都沒有理由，反過來要兒女反哺時理由就一大堆啊！阿娟你說是不是啊？
阿娟	那個郭阿婆沒有那麼悲慘，只是她的老公中風了，現在做資源回收也是為地球盡一分心力。對不對？
阿雲	唉呦！隨便啦！還有還有，你有沒有注意到，住在39號的阿花，就更奇怪了！只要看到她的時候，每次都望著窗外，東看西看好像在等著甚麼人回來似的，一天到晚窗戶開開關關，幹嘛，那麼無聊，也不找事情做！
阿娟	那個阿花只是不懂得愛自己，不懂得安排自己的空閒時間，就只會等孩子下課，等老公下班，把生活重心都放在老公和孩子身上。
阿雲	是喔！那麼多時間浪費掉，實在很可惜！
阿娟	阿雲，你這麼熱心，我看喔，我們來想想可以讓阿花做些什麼事好了。
阿雲	好啊好啊！
阿娟	（按摩結束）好了！幫你做好了！阿雲，反正你也閒閒，不如我們一起去找李阿伯談天一下！找他一起去爬山！動一動身體！
阿雲	這樣好嗎？我從來也沒有跟他說過話，他會不會覺得我們很奇怪？
阿娟	不會啦！我跟他碰過幾次面，打過幾次招呼喔！啊你沒有去試試看怎麼會知道？來去來去！

第3場

場景：社區

△阿雲阿娟走向李阿伯，阿婆邊收回收邊走下右舞台，阿花、兒子拿右舞台椅子下台。

阿娟	李阿伯，你好！
阿伯	（舉手回應，微笑）你好你好！
阿娟	這麼晚了怎麼還坐在這裡？
阿伯	厝內熱，啊又沒做什麼，坐在這裡比較涼！
阿雲	是啦！你嘛真聰明知道要坐在這裡，我們中庭這裡有風還蠻涼的哩！
阿娟	你好命啦，不用和別人一樣要幫忙顧孫子，真清閒。
阿伯	唉！哪裡好命？少年的時候拼性命在賺錢，想說，我那兩個兒子啊會讀冊，要給他們好好的讀，才不會像我這樣要大粒汗小粒汗賺那個辛苦錢，還賣田產給孩子讀冊，沒想到，讀來讀去，讀到國外去讀博士。那時，我也很風光，想說，會有兩個博士兒子回來輕鬆賺錢來孝順我，沒想到，攏沒要回來，攏在國外賺食，唉……
阿雲	喔！這麼厲害？都可以在國外食頭路，喔，啊不賺很多？
阿伯	賺很多有什麼用？只會拿錢回來請外勞，過年過節也只有打個電話回來，也不會回來看我這個老頭子。不過，最近說會回來一趟，說要辦什麼手續，嘛不知道什麼時候會回來哩！
阿娟	少年人有少年人的煩惱，現在時機那麼不好，生活真正不簡單啦！伯啊，我們要顧好自己的身體，趁現在還有力氣，我們多來去看山啊，看水，我們改天來去虎頭山走走哩，好嗎？
阿伯	爬什麼山？我膝蓋不好，爬不動啦！你們去啦！
阿娟	越不動越沒有辦法動，柺杖拿著拄著，來去活動活動。
阿雲	對啦！
阿伯	唉呀！我怕跌倒，拿柺杖也是沒效，萬一倒眠床不會動，誰來照顧我？
阿娟	不會啦不會啦！你還是勇勇，走啦！我們去爬山啦！
阿伯	日頭赤炎炎，我白內障啦，眼睛拔不開啦！
阿娟	我們戴黑目鏡就好了啊！來啊！
阿伯	（戴戴看眼鏡，突然變成模特兒在展示眼鏡，隨後摘下放在一旁）吃老懶惰動啦！一下子就腰酸背痛。
阿娟	我們去活動，你的筋骨就會比較柔軟，就不會痛了。你若不爽快，我再幫你抓抓哩。
阿雲	就是啊！
阿伯	不行啦！要是而且我兒子回來找我，我不在怎麼辦？

阿娟	沒關係，有手機啊！他如果來找你，我們跟警衛講一下，叫你兒子等一下！
阿雲	是啊是啊！走啦！
阿娟	我們可以一起去找阿婆來去爬山，順便幫阿婆撿撿資源回收啊！一舉兩得！
阿伯	喔？那何時要去？
阿娟	我們來約一些社區的人，到時再跟你講喔，一定要去喔！
阿伯	好啦好啦！
阿娟	阿雲，我們去找阿婆，找她一起去爬山，順便幫她撿資源回收。
阿雲	好啊，這個主意不錯喔！我們馬上就去找阿婆吧！

△阿婆慢慢從右舞台走向中舞台作回收，阿娟阿雲走向中舞台，阿伯將椅子拿下左舞台後走向右舞台下場。

第4場

場景：社區

阿娟	阿婆！吃飽沒？（阿婆點頭微笑，沒有什麼回應）
阿娟	真感謝你哩！都幫社區款這些有的沒的，社區要是沒你，一定亂糟糟。
阿婆	沒有啦！我也要生活啊！
阿雲	喔！你真辛苦，不時都在這裡做。
阿婆	唉！我喔！命不好！年輕時不聽話啦，想要嫁給都市人，人家都說嫁給台北人也不用下田，只要在家帶小孩就好。沒想到嫁給我先生也是苦了一輩子！生了二個兒子二個女兒，早上要帶著小孩去市場賣魚賣菜，後面背一個，左右各牽一個，老大牽著我的裙角，辛辛苦苦把他們養大，希望他們將來有成就。
阿雲	啊！原來你這麼辛苦喔！
阿婆	還沒完哩，現在他們長大了，有能力了，但是連爸爸中風住院都沒消沒息，我只好扛下責任，每天只能撿著回收來維持生活費跟住院的醫療費。唉……

阿雲	啊？真的喔？賺這些夠嗎？
阿婆	啊不然怎麼辦？我真後悔少年時沒聽父母的話，今天這樣我也就認了啦！
阿娟	是啊，少年人為自己事業打拼，有時，顧不到這麼多啦！我們要顧好自己。來來，我們一起幫忙你做！
阿婆	不用啦！我自己來就好了！
阿雲	不要緊啦，我們兩個嘛是閒閒。
阿娟	ㄟ，對啦！過兩天我們去虎頭山行行好嗎？
阿婆	不行啦！我從來沒有去爬過山，不知道自己走得動還是走不動！而且我去爬山會影響我的收入，我還有一個中風的老伴！我要去看他哩，要照顧他才行！
阿娟	虎頭山有很多人會去運動，很多資源回收的東西可以撿，啊順便可以運動一下！
阿婆	（認真考慮）是喔？可以撿回收喔！那這樣！你們要幫忙我撿回收是嘛？
阿娟	對呀！一定的啊！
阿雲	是啊是啊！我們和李阿伯一起去。
阿娟	對啊！我們就明天就來去，我去跟阿伯說一下！
阿婆	這樣啊，好啦！有資源回收可以撿，那就來去好啦！

△演員們從右舞台退場。

- -

第5場

- -

場景：虎頭山

△音樂下，迦勒比海音樂，演員在舞台表演動作。四人一同去爬山，演員從右舞台走出，阿雲攙阿婆，阿娟攙阿伯，披著毛巾，拿著水瓶，沿途大家撿拾被丟棄的東西放隨身的大袋子裡。阿雲阿娟一起走；李阿伯、郭阿婆邊走邊聊，有比較好的互動，會互相幫忙；有一小孩觀察路邊生物，從左舞台走向右舞台，跑跑跳跳。

第6場

場景：社區

△李阿伯、郭阿婆站在左舞台，阿娟、阿雲走至舞台中央，小孩從右舞台退場。

阿娟	阿伯拜託你幫阿婆整理一下剛剛撿回來的資源回收，我們要去找阿花，要去報她一個好康的。（阿娟手上拿簡章）

阿娟　阿伯拜託你幫阿婆整理一下剛剛撿回來的資源回收，我們要去找阿花，要去報她一個好康的。（阿娟手上拿簡章）

阿伯　緊去，緊去。這個我們來發落就好。（李阿伯、郭阿婆揮揮手示意讓他們前去，然後從左舞台退場）

第7場

場景：阿花家

△阿花在中舞台，舞台有2椅，阿雲阿娟走向阿花，按了電鈴，阿花家門半開。

阿娟　阿花，你有閒嗎？

阿花　什麼事喔？（手上拿著雞毛撢子）

阿娟　啊你在做什麼？

阿花　沒有啦，就是打掃一下家裡。怎麼樣？有什麼事嗎？

阿娟　沒事啦，想說上來和你聊聊，朋友告訴我說職訓局有開一些不錯的課，感覺你平常都待在家，就想說搞不好你會有興趣。（拿出簡章）你看！像這些課程！

阿花　（接過簡章，把門推開）來，請進請進，我們坐著聊，你們看我多沒禮貌還讓你們站著！

阿雲　喔！你家怎麼打掃這麼乾淨！

阿花　沒有啦，沒有啦，在家就是要做這些有的沒的。（拍拍椅子）請坐請坐。

阿雲　你一個人在家喔？

阿花　沒有啦，我兒子在房間裡面寫功課。

阿娟	阿花，你好像很少出去都待在家喔？我跟你說，職訓局有開一個美髮的課，那是免費的，我朋友上得很好，現在已經在髮廊工作賺錢哩呢！
阿花	（一邊看簡章）是喔？我以前念的就是美髮ㄟ，可是，太早認識我先生，工作一年之後就嫁給他，連洗頭都還沒有很熟練，不要說拿剪刀了。你看，我兒子今年都10歲囉！我早就把以前學的忘光光了！
阿雲	是喔！勾看不出來！啊你就去給他試看麥，你看我們這麼大的社區只有美容院，也沒有什麼美髮店，你就試看看，以後我們就是你的人客啊。（一邊摸著自己的頭）
阿花	可是怎麼會有空？小孩還是需要盯，你都不知道，我兒子成績很差，昨天啦，那個數學考30分，我都去打聽最好的補習班讓他去補了，還給我考這樣的成績，我都不敢跟他爸講。然後老師每天都在聯絡簿上寫說他上課不專心會影響別人，我都不知道他在想什麼，罵他，他還說都是旁邊的同學要找他講話，老師每次都只罵他……
阿雲	唉呦，你想太多了啦！
阿娟	孩子都嘛是這樣，要給人家教。啊你在家的時間也那麼長，去充實一下自己啦！才不會寵壞孩子都不知道。你看！像我工作室都開了八年了，還不是三不五時要去進修一下，才會知道有什麼新的流行。去職訓局多認識一些人也很有趣啊！
阿雲	是啊！要不然你老公會覺得你很無趣。
阿花	是啦！我平常在家都沒有人跟我講話，老公回來跟我講沒兩句話就說想要睡覺，有時，我心情很差都不知道要找誰說……
阿雲	就是嘛！
阿娟	我們女人要有自己的生活，男人只知道要賺錢，都不知道我們要什麼！你要多出去看看！
阿花	可是……
阿雲	唉呦！不免考慮了啦，聽我們的準沒錯！
阿花	好啦，好啦，要不然我再跟我先生商量一下！
阿娟	你再想想，我可以介紹我朋友跟你認識一下，有什麼問題，可以找她再問詳細一點！那我們回去了。（起身離開，走下左舞台）

△阿花拿著簡章仔細閱讀，慎重考慮，拿著一椅走下右舞台。

第8場

場景：社區

△阿伯、阿婆相偕從左舞台走出。

阿伯　　聽說今天社區有什麼義剪，我們去看看，試一下她的功夫。

阿婆　　好啊！來去！

△阿雲、阿娟在左舞台。其他演員在舞台中央，阿花正要幫郭阿婆剪頭髮，李阿
　伯及臨時演員排隊排向舞台右方。放上義剪海報。

阿娟　　我幫你按好了，今天阿花要辦義剪活動，我們去跟她湊個熱鬧。

阿雲　　對！我們去跟她加油打氣！

△阿娟、阿雲走向阿花。
△阿花正剪完阿婆，拿著鏡子讓阿婆看。

阿娟　　阿花，恭喜，恭喜。你學得了一技之長，可以為社區服務了！

阿花　　對呀！都要感謝你們這麼熱心幫忙，提供這麼好的訊息給我，讓我重新
　　　　學習，找回自信。去上這個課程，我覺得很好玩耶，現在認識更多社區
　　　　的人，讓我的生活更多采多姿。

阿雲　　阿花，你也真厲害，才辦一個活動，你看，客人排隊排到中正路上囉！
　　　　（有臨時演員想插隊）喂！不可以插隊，排好排好！

阿婆　　你們也來了喔！最近這個社區變得不一樣了，多虧有大家，還讓阿伯來
　　　　幫我的忙，感覺在這裡有人可以讓我依靠。（阿婆起身說話，阿伯準備
　　　　坐下）

阿伯　　是啊！平常跟大家做伙，有時聊天，有時去爬爬山，還為社區做事，你
　　　　們就像我的子女一樣，謝謝你們的陪伴，我現在不孤單了。

阿雲　　我雖然很喜歡東家長西家短，可是你們知道嗎？我有顆又善良又熱情的
　　　　心（唱熱情的沙漠兩句）。

阿娟　　大家都住在同一個社區就是有緣，我們要一起營造一個優質的生活環境，把自己過得更好！樂活是愛自己的一種方式，用眼睛觀察，用心體會，用身體感受，把全世界放在你的心中，那我們就不會再孤獨了啊。

李阿伯的孫子　（奔向阿公）阿公，我們回來了！

△李阿伯和孫子緊緊擁抱。音樂下。眾人表演動作，看到此幸福畫面，拍手叫好，一片和樂融融。

社情故事

編劇：游哲訓、黃麗鳳、李美貞、
陳櫻梅、黃子倫

第一場

景：社區內
人：巫婆阿姨、黃小鳳、陳皮梅、Jason、瑄瑄、李氏

△（神話音樂下）眾演員隨音樂進場，開始唱「這世界」。
△巫婆阿姨大聲尖叫。

巫婆阿姨　　啊！有小偷！救命啊！救命啊！

△社區內角色推窗，朝外頭望了望。

社區內角色　（七嘴八舌）有小偷？不關我的事。（回去睡覺啦，又不關我的事）

第二場

景：巫婆阿姨以前的家→社區
人：巫婆阿姨、小偷、運動媽、太極拳媽、黃小鳳、陳皮梅、Jason、瑄瑄、李氏

△眾演員將窗關上，退場。場上只剩巫婆阿姨。
△小偷進入，拿刀架在巫婆阿姨身上。

小偷　　　不要動！不然我就殺了你！

巫婆阿姨	不要殺我！不要殺我！
小偷	不要吵！阮現在在跑路！恁爸需要錢！錢攏拿出來！
巫婆阿姨	我的皮包放在床頭櫃，你要多少都拿去！但是不要傷害我！

△小偷準備要把巫婆阿姨的手綁起來，突然一陣白影閃過。

| 巫婆阿姨 | （嚇到）那是什麼！ |
| 小偷 | （嚇到）啊?! |

△這時兩人都愣在那裡，巫婆阿姨突然靈光一閃，把棉被罩在小偷頭上。

| 小偷 | 不要來找我！不要來找我！（隨便亂抓） |

△巫婆阿姨趁機逃跑，躲在角落。
△小偷被布罩著看不到路，胡亂衝下台。
△巫婆阿姨看到遠處有人，趕緊去求救。運動媽、太極拳媽在台上運動。

巫婆阿姨	喂喂！那邊有小偷！有小偷！（胡亂大叫）
運動媽	啊，有小偷喔，緊來轉！（快跑）
巫婆阿姨	喂喂！那邊有小偷！有小偷！（胡亂大叫）
太極拳媽	夭壽喔。（急走）

△巫婆阿姨覺得很無助，默默的走到幕後，又開始大叫。

| 巫婆阿姨 | 啊！有小偷！救命啊！救命啊！ |

△社區內角色推窗，朝外頭望了望。

| 社區內角色 | （七嘴八舌）這麼晚了？誰在吵啊？（對啊！）（就是說嘛！） |

△眾演員將窗關上，退場。業務員進場。

第三場

景：黃小鳳公司→社區

人：黃小鳳、客戶錢嫂、陳皮梅、Jason、瑄瑄、李氏

△業務員黃小鳳死盯著電話，忐忑不安。五秒後，黃小鳳鼓起勇氣，深呼吸，吐氣，拿起電話，準備打給客戶。電話那頭響了（嘟聲音效下），小鳳卻又掛掉。

黃小鳳	不行！今天一定要打！

△黃小鳳再次嘗試，嘟……嘟……電話通了。

客戶	喂！
黃小鳳	錢……錢……錢嫂嗎？（台語）
客戶	急……急……什麼啦！急就去上廁所啊～～
黃小鳳	沒有啦！我是夭壽保險公司業務員黃小鳳，還記得我嗎？
客戶	喔！什麼事啊？（冷冷的口氣）
黃小鳳	上次為您規畫的建議書，您看了嗎？覺得如何？
客戶	蛤？喔……那個啊？不是很清楚欸！
黃小鳳	那不然我們約個時間，我幫您解說一下。
客戶	我看免啦！我很忙的！
黃小鳳	這樣啊……要不然……
客戶	那就這樣嘍！
黃小鳳	喂！喂！錢嫂！錢嫂！

△黃小鳳愣了一下，落寞的放下電話，退場。
△巫婆阿姨大聲尖叫。

巫婆阿姨	啊！不要殺我！不要殺我！

△社區內角色推窗，朝外頭望了望。

社區內角色　　（七嘴八舌）厚！怎麼還在吵啊？（吵不停耶！）（好吵喔媽媽⋯⋯）

△眾演員將窗關上，退場。陳皮梅進場。

第四場

景：病人叔叔家中→社區
人：陳皮梅、病人叔叔、甲姑、乙姑、丙姑

△病人進場。

病人　　　　（很累的樣子）最近身體都很不舒服，也都很沒力氣，不曉得怎麼了⋯⋯（坐下）

△三姑六婆進場。

姑甲　　　　你是怎樣了？
姑乙　　　　你臉色很差喔！
姑丙　　　　我聽你媽說，你最近身體很差喔！上次我家的三叔公也是這樣啦！這就吃那什麼什麼就好了！
姑甲　　　　啊！飲這最好！（拿出道具）
病人　　　　啊這什麼？
姑甲　　　　先喝就對了啦！（強迫病人喝下）
病人　　　　擱燒燒的耶！
姑甲　　　　尿療法啦！這我孫子的啦！喝童子尿啦！足有效啦！
病人　　　　啊噁⋯⋯（嘔吐狀）
姑乙　　　　厚那沒用啦！吃蜈蚣，還是蟾蜍，跟你講！以毒攻毒！超有效的啦！（拿出蛇或其它道具）
病人　　　　真的假的？啊是要清蒸還是要火烤？
姑乙　　　　啊就直接生吃啦！
病人　　　　是喔！（皺眉但是還是吃了下去）

姑丙	啊再加這個啦！我去那個什麼廟求了這個符，燒一燒喝下去，喝下你就馬上好了啦！
病人	是喔是喔！
姑甲乙丙	好啦你保重啦，我們先走了！

△姑甲乙丙下場，病人覺得身體不適，先躺了下來打滾，滾進後臺，順便把氣球塞進衣內，再滾出來。

△陳皮梅進場，看到病人躺在地上打滾，驚訝。

陳皮梅	飽！你怎麼了？肚子怎麼那麼大？
病人	啊沒有啊，就剛才一些阿姨來看我，就給我吃一些偏方啊！
陳皮梅	啊你哪胡亂吃！你應該去接受正當醫療啊！
病人	一切好像太遲了，人家說什麼就吃什麼啊！
陳皮梅	這樣會死得更快欸！
病人	如果我真的走了，你要幫我照顧爺爺奶奶，幫我孝順你媽媽……拜託你了！

△病人的肚子氣球爆炸，病人昏倒。
△神醫十分悲痛，大聲哭喊。病人站了起來，默默下場。

| 神醫 | 你放心……我答應你……（下場） |

△巫婆阿姨大聲尖叫。

| 巫婆阿姨 | 啊！不要殺我！不要殺我！ |

△社區內角色推窗，朝外頭望了望。

| 社區內角色 | 有小偷？不關我的事。 |

△眾演員將窗關上，退場。Jason及李氏上場。

第五場

景：Jason家
人：爸爸Jason、媽媽Donna、女兒瑄瑄、母親李氏

△Jason與李氏坐在客廳，Jason在做自己的事。
△手機鈴聲音效下，年邁的母親拿起來，怎麼按都接不起來，神色緊張。
△鈴聲持續響著……
△Jason露出不悅、嫌惡的臉色。

李氏　　　兒子，幫我看一下，怎麼按都接不起來。
Jason　　（不耐煩口氣）上次不是教過你了嗎？每次都忘記，再不會用，我
　　　　　就送給別人喔！

△Jason邊念邊回座。
△李氏默默低頭，心情不好，一急就尿了褲子，神情變得很緊張。
△這時Donna與瑄瑄進場。

Donna　　Jason老公，我帶瑄瑄回來了！
Jason　　你們回來啦！（笑臉盈盈）
Donna　　ㄟˊ怎麼有奇怪的味道……

△Donna發現李氏又尿失禁。

Donna　　厚！媽！你怎麼又這樣！
Donna　　（大聲咆哮）老公，你看，你媽尿尿又來不及，把沙發又弄溼了，
　　　　　臭死了！
Jason　　（不耐煩對著母親）媽，你知道這沙發很貴的，你每次都來不及，
　　　　　這沙發很快就報銷了，你知道嗎？

△李氏啜泣。

李氏	拍謝啦……啊我就要放放無，不放緊緊……
Jason	厚你每次都這樣說！你再這樣，我就把你送去養老院！
李氏	麥啦，拍謝啦……
Jason	好啦，走開啦！我要來清沙發了！

△Jason和Donna正要把沙發搬下臺，突然瑄瑄說話了。

瑄瑄	（思考的樣子）喔……所以爸爸媽媽，以後如果你們也亂尿尿，我也要把你們送去養老院嘍？

△Jason和Donna一時無言以對，兩人相望，然後母親悲傷的走下台。
△Jason和Donna走下台。

第六場

景：社區內
人：巫婆阿姨、黃小鳳、陳皮梅、瑄瑄、李氏

△大夥兒推窗，覺得無聊，突然瑄瑄大聲的聲話。

瑄瑄	阿嬤！好無聊喔！

△大夥兒覺得同理，於是說：「對耶，我也覺得無聊。」之類的話
△大夥兒下樓。
△瑄瑄遇到巫婆阿姨。

瑄瑄	阿嬤！這個阿姨長得好像巫婆喔！

△巫婆先是驚訝一下，但隨及想到這不過是個小孩，當下也玩心大起。

巫婆阿姨	對啊！我就是巫婆！
瑄瑄	哇塞，媽媽，巫婆耶！

巫婆阿姨	沒錯，巫婆阿姨現在要變一個巫術，你們要跟我這樣做。

△巫婆阿姨開始張牙舞爪念咒語。

巫婆阿姨	從現在開始，你們都得聽我的！

△巫婆阿姨開始把大家變成外星人……之類的活動。

瑄瑄	哇！好好玩喔！好累喔！我想先休息一下！

△瑄瑄在場邊睡著。
△大夥兒坐在一起。

大夥兒	（七嘴八舌）喔！玩得好累喔！但是好高興！（對啊！）（是啊！好累喔！）
陳皮梅	今天大夥兒都玩得好開心喔，但我們彼此都還不熟悉耶！
大夥兒	（七嘴八舌）對耶！（嗯……）（沒錯……）
陳皮梅	像你啊，常看你忙進忙出的，不知道在做什麼？
黃小鳳	我喔……我是個保險業務員
李氏	喔！你做保險喔？做保險很不簡單耶，你應該做得不錯哦！
黃小鳳	沒有啦，我剛進公司不到一個月，還是菜鳥。客戶常請我吃麵……
陳皮梅	那麼好喔！還常請你吃麵！
黃小鳳	客戶常常跟我說：「免！免！免！」啦！好挫折喔……壓力也很大……快做不下去了……
李氏	不會啊，我看人家都做得不錯，都還可以出國耶！
黃小鳳	我也希望跟他們一樣啊！可是……不是那麼容易！我也希望像他們一樣，業績很好，大家都跟我買保險，就每年可以出國……

△黃小鳳開始幻想自己成為一個保險女王，大家爭先恐後要跟她買保險……

第七場

景：黃小鳳的幻想裡
人：黃小鳳、甲女、甲男、小妹妹、乙女

甲女	保險女王！我要幫我先生買保險，他最近怪怪的！
甲男	我要幫我自己買保險！因為我是個有責任的男人！
小妹妹	我要幫妞妞買保險！

△甲女與甲男突然停止拉扯黃小鳳，同時望向小妹妹，異口同聲的說：「妞妞是
　誰啊？」

小妹妹	我家的小狗狗啊！
大家	蛤？喔！
乙女	女王您看我的指甲美嗎？
黃小鳳	喔美美美！超美！
乙女	我要幫我的手指甲、腳指甲買保險！

△大家吵雜不休……重複剛才說的話……（甲女要幫先生買保險，甲男要幫自己
　買保險，妹妹要幫妞妞買保險，乙女要幫指甲買保險）
△甲男突然站到旁邊，拿起麥克風。

甲男	現在讓我們歡迎（大夥兒停止動作，望向甲男），宇宙盃的最佳人 氣女王：黃小鳳！

△黃小鳳把纏在身上的人都推開，抬頭挺胸，好像自己真的就是宇宙裡最佳的業
　務員，從懷裡拿出一頂皇冠緩緩戴上。
△突槌音效下。小鳳皇冠掉。
△大家突然不以為然的坐回自己原本的位子，黃小鳳的幻想結束。

第八場

景：社區內
人：巫婆阿姨、黃小鳳、陳皮梅、瑄瑄、李氏

黃小鳳	如果能這樣那該有多好……
陳皮梅	其實你也不用氣餒啦，你才進去不到一個月，指日可待！你要成為一個頂尖的業務員，只要努力，以客戶為出發點，知道客戶的需求，你一定會成功的！
李氏	努力不一定會成功，但是成功的人一定都很努力！
巫婆阿姨	（好像自己有一顆水晶球，不斷的在水晶球裡觀望）我已經看到你的未來的，你一定會成功的！
陳皮梅	厚！你還在演啊！
巫婆阿姨	就要鼓勵她啊！給她信心啊！
黃小鳳	謝謝你們為我加油！我一定會努力的！
黃小鳳	不要再談我了啦，聊聊你們的事啊！這個是你孫女嗎？好可愛啊！
李氏	對啊對啊！
黃小鳳	你的兒子媳婦呢？
李氏	（面帶愁色）出去還沒回來……
陳皮梅	喔！你們是三代同堂喔！含貽弄孫，好棒喔！現在很少有年輕人要跟父母親住耶！你兒子媳婦應該很孝順喔？
巫婆阿姨	對啊，現在年輕夫妻很少願意跟老人家住了。
李氏	對啊對啊！（嘆氣）其實我想要搬出去住，不想再給他們添麻煩了……但是我不想住養老院……
陳皮梅、巫婆阿姨	啊？（驚訝）
李氏	說了希望你們不要笑我……
大家	（七嘴八舌）不會啦怎麼會笑你！

第九場

景：Jason家

人：爸爸Jason、媽媽Donna、女兒瑄瑄、母親李氏

△李氏想起之前的事……（陳皮梅、巫婆阿姨、瑄瑄離場）

兒子	厚你每次都這樣說！你再這樣，我就把你送去養老院！
母親	麥啦，拍謝啦……
兒子	好啦，走開啦！我要來清沙發了！

△兒子和老婆把沙發搬下臺，然後母親下臺將白髮拿下。

第十場

景：李氏家

人：小時候Jason（偶）、年輕李氏

李氏	想到著兒子小時侯………

△六歲大的小男孩，從外面跑回家。

小Jason	媽媽！媽媽！人家和隔壁的小華玩，來不及，大便大在褲子上了啦！
年輕李氏	（溫柔的口氣）快來，媽媽幫你洗屁屁。

△小Jason蹲在浴室。

年輕李氏	（邊洗邊說，用溫柔的口氣）你看，每一次都玩那麼瘋，玩到忘了上廁所，下次不可以這樣哦！
小Jason	（撒嬌的口吻）反正媽媽每一次都會幫我洗嘛！
年輕李氏	那你長大要不要養我？

小Jason　　　當然會啊！那我要去洗手吃飯了喔！（退場）

△李氏欣慰的笑了，李氏退場。

第十一場

景：社區內
人：巫婆阿姨、黃小鳳、陳皮梅、瑄瑄、李氏

△大夥兒回原本的位置。

李氏　　　　就是這樣……
大家　　　　不要難過啦……
陳皮梅　　　你也可以把我當成你的女兒啊（幫李氏捶背）還有很多人關心你
　　　　　　你的！
巫婆阿姨　　是啊是啊！
李氏　　　　謝謝你們大家喔！我好高興喔！
陳皮梅　　　人都是不懂得珍惜，像我爸因為生病過世了……我覺得很感慨……
　　　　　　如果當時我有能力，我希望……

△陳皮梅開始幻想自己變成神醫……

第十二場

景：不知名的神祕洞穴，神醫陳皮梅坐在裡面，三人在排隊
人：神醫陳皮梅、喉嚨痛女、雙腳癱瘓女、自以為子宮頸癌男

△陳皮梅閉目養神坐在地上。

陳皮梅　　　下一位！

△喉嚨痛女進來。

陳皮梅　　　什麼問題？

喉嚨痛女　　（說不出話開始比手劃腳）

陳皮梅　　　好！你不用再說了，我知道了！

喉嚨痛女　　喔?!

陳皮梅　　　（隔空抓出一團球）這就是造成你喉嚨痛的原因！現在你已經好了！

喉嚨痛女　　真的嗎？（大叫）

△喉嚨痛女十分高興，開始唱起Vitas的海豚音。

喉嚨痛女　　謝謝神醫！謝謝神醫！

△陳皮梅點點頭。

陳皮梅　　　下一位！

△雙腳癱瘓女爬著進場。

陳皮梅　　　什麼問題？

雙腳癱瘓女　我……

陳皮梅　　　好！你不用再說了，我知道了！

雙腳癱瘓女　喔?!

陳皮梅　　　（開始假裝拉繩子，越拉越緊，越緊，然後剪斷！）好了！

雙腳癱瘓女　（跳起）真的耶！我的腳可以動了！謝謝神醫！謝謝神醫！（跳
　　　　　　離場）

△陳皮梅點點頭。

陳皮梅　　　下一位！

△自以為子宮頸癌男進場。

陳皮梅　　　什麼問題？

自以為子宮頸癌男　　我……

陳皮梅　　　　嗯？

自以為子宮頸癌男　　我……我有子宮頸癌……

陳皮梅　　　　你有子宮頸癌？（怒吼）我看你是腦袋有洞吧！（很生氣的拿起針
　　　　　　　線）這個厚！就要這樣醫啦！來人啊！（召喚喉嚨痛女與雙腳癱瘓
　　　　　　　女）把他架起來！

自以為子宮頸癌男　　不不不不要啊！

△陳皮梅開始縫起。

陳皮梅　　　　好了！

自以為子宮頸癌男　　（突然醒過來）欸？我怎麼在這裡？

陳皮梅　　　　（正色）這裡是天堂！

自以為子宮頸癌男　　怎麼會？我怎麼會突然在天堂！

陳皮梅　　　　沒有啦，跟你開玩笑的，快點回家去吧！你已經好了！

喉嚨痛女、雙腳癱瘓女、自以為子宮頸癌男　　神醫！神醫！神醫！神醫！

△陳皮梅揮揮手，示意他們退下。

△大家退回原位坐好。

第十三場

景：社區內

人：巫婆阿姨、黃小鳳、陳皮梅、瑄瑄、李氏、Jason

巫婆阿姨　　　哇！你的志向好偉大喔！

△大夥兒附和。

陳皮梅　　　　那也是因為失去親人的緣故。

巫婆阿姨　　　所以我們要珍惜現在身邊的親人……

陳皮梅、李氏　　沒錯……沒錯……

陳皮梅	對了，大家有沒有聽到社區有人常常在尖叫啊？
大家	ㄟ╱對耶，好像有耶，好吵喔！不曉得是誰啊？
巫婆阿姨	（緩緩舉起手）是我啦！

△大夥兒十分驚訝（啊！是喔！怎麼了？）。

巫婆阿姨	我昨天做惡夢，夢到以前的事。
大家	什麼事啊？
巫婆阿姨	在以前的那個社區，我家曾經遭小偷，那個時候真的很可怕……我趁小偷不注意，趕快跑出家門，在中庭裡呼救，說「我家有小偷啊！」結果竟然沒有一個人理我！你們知道嗎？我們那邊住了多少人！但是卻沒有人出門救我！
陳皮梅	你是怎麼求救的？
巫婆阿姨	我就喊「救命啊！救命啊！」
陳皮梅	我給你一個建議，以後你碰到類似的情況，就不要喊「救命！」，直接喊「火燒厝了！」因為你喊失火了跟別戶人家有關係，跟自己有切身關係，才會出來看什麼情況！
李氏	這不是一個適當的解決方法，最主要是人的問題，大家太冷漠了！
黃小鳳	其實我們每天都是回到這個社區，我們距離很近，但是心很遠……
李氏	對啊，我們大家要互相照顧，當你遇到危險的時候，可能親戚都在遠方，遠水救不了近火……
黃小鳳	其實社區就是個大家庭，大家應該要互相照顧……
巫婆阿姨、陳皮梅	嗯…嗯……
瑄瑄	（起床）嗯……？你們在說什麼啊？（尋找）耶？巫婆阿姨呢？
巫婆阿姨	嘿嘿嘿……（帽子戴上）巫婆阿姨在這裡啊……！

△巫婆阿姨開始施起法術，把幕裡的角色也都拉出來，大家開始跳舞……（甜蜜的家音樂下）

舞所不在

編劇：詹惠琦、洪采聲、田健宏、沈芷嬋、黃宇彤
劇本指導：謝鴻文

....

第一幕　家中

....

第1場

△生日會場合發生在主角米兒家中，米兒好友采采、小苡、小健在幫米兒慶祝生
　日，采采、小苡、小健唱著生日快樂歌。

米兒　　謝謝大家幫我慶祝生日。

△采采、小苡、小健拍手。

采采　　快點來許願吧！
小苡　　對啊！快點、快點。
米兒　　那……我希望我的爸爸、我的媽媽，還有我最愛的朋友們，能永遠陪在
　　　　我身邊，大家都能健康快樂，也希望我的夢想能夠實現。
采采　　欸，你爸媽會幫你慶祝生日嗎？
米兒　　別提了，他們搞不好忘記了！
小健　　Surprise！（此時小健將奶油抹在米兒臉上）
采采、小苡　（在旁起鬨）不夠不夠，再多一點。

△米兒躲藏，采采、小苡去抓住米兒。

米兒　　下次你們生日就完蛋了！（走向舞台前，邊擦臉上的奶油）如果爸媽能
　　　　陪我一起過生日就好了。

第2場

△音樂入，米兒一個人在家中，開心的跳著舞。
△電話響起。

米兒　　喂～請問你要找誰？
小健　　米兒，是我。你在幹嘛？要不要一起出去玩。
米兒　　好啊！反正我爸爸、媽媽還在上班，又剩我一個人在家。（表情很失
　　　　落）我也無聊著，你等等我，我馬上出去。
小健　　好！那我也找采采、小苡一起去，我們七點在河濱公園見。

第二幕　河濱公園

△河堤邊，米兒和采采、小苡、小健一同騎著腳踏車。

米兒　　（往後看）快點！快點！
采采　　我們來比賽誰騎得比較快。
小苡　　好啊！那輸的要請喝飲料唷！

△四人開始騎腳踏車比賽，小健車子突然騎歪，然後不小心跌落河邊。

小健　　啊～～
小苡　　什麼聲音？

△三人停下往後看。

米兒　　小健不見了！

△三人停車去尋找。

小健　　我在這啦！（邊哀嚎邊說這句話）

△米兒與采采、小苡一起看見小健掉在那裡。

采采　　哈，他在這啦！

△米兒和朋友采采、小苡一邊取笑小健，並且將小健拉上岸。

采采　　你可真厲害，路這麼大條上也能騎到河裡。
小苡　　對啊！還說要比賽，我看你是去呷屎。
小健　　你才去呷屎。
米兒　　好了啦！我看你先把衣服脫下來先晾乾吧！
小苡　　不好吧，這樣有點……
小健　　我是男生又沒關係！（假裝要脫衣服）
小苡　　（手遮眼睛）我不敢看！

△他們就坐在河堤邊的大鐘下一邊聊天，一邊打打鬧鬧，不知不覺已夜深。

米兒　　今天玩得真的很開心，我們能一起到我們最愛的河濱公園，一同遊玩一
　　　　同騎腳踏車，但……快樂的時間總是過得特別快。

△此時河濱公園的大鐘響起噹～噹～噹～噹～的聲音。

采采　　喔！十二點了！（非常理性的說）
米兒　　這下子慘了！我回去肯定被罵成豬頭。

△一群人分別急忙的牽車騎回各自的家中，米兒因為急忙而掉了一隻鞋。
△一個精神異常正在尋找公主的男子經過此地。

路人甲　（唱王力宏歌曲〈茱麗葉〉走出，突然看到並撿起米兒的一隻鞋，表情
　　　　很驚訝）喔！我的灰姑娘腳也太大了吧！

第三幕　家中

△父母親站在家門外，一臉嚴肅等著米兒，米兒很緊張低著頭走到家門。

爸爸　怎麼這麼晚回來，跑去哪裡了，打手機給你也沒接，一個女孩子三更半夜還在外面逗留，萬一發生什麼事怎麼辦，你功課到底給我寫完了沒有！

媽媽　好了！好了！別罵了，進來再說。

爸爸　一定是又跟那群不愛讀書的同學去跳舞了，你這次段考平均如果沒有達到90分，我就不准你再去跳舞了，也不准你再跟那群同學來往！

△米兒傷心難過的哭著跑回房間。

媽媽　（對著爸爸說）你看你就是這樣，什麼事都可以好好說啊！不要每次跟米兒講話都這麼兇，你去看米兒一下吧！

米兒　為什麼爸爸總是不在乎我，沒有先問我去哪就認為我去跳舞，就算去跳舞也不是壞事啊！從來都不關心我有沒有發生了什麼事，或最近過得好不好，每天相處時間就一點點，好不容易能聚在一起，但一見面開口就是問功課，他們根本不愛我，一點也不關心我，就只在乎我的成績有沒有進步，難道他們真的不知道我的夢想，不知道我想要什麼嗎？（米兒號啕大哭起來）

△爸爸在門外要正敲門進去，結果卻聽到了米兒的心聲。

爸爸　我錯怪米兒了，其實我真的很愛她，但好像用錯了方法，原來我這麼不懂我的女兒。

△爸爸說完一直咳嗽，頭暈就突然倒在地上。

媽媽　（跑來搖晃）老公～老公～老公～（一直呼喊著）

△米兒走出房間看著爸爸。

米兒　　爸！你怎麼了？媽，爸爸到底怎麼了？（緊張又害怕）

第四幕　醫院

△在醫院的病房中，爸爸躺在病床上，媽媽、米兒與醫生在病房外。

醫生　　你先生的病情又惡化了，我們恐怕無能為力了！（講完轉身離開）

米兒　　媽，爸爸到底怎麼了？為什麼醫生說病情又惡化了？

媽媽　　其實爸爸生了一場很嚴重的病，只是我們暫時不告訴你，是因為怕你太難過。（媽媽帶米兒走入病房，抓起米兒和爸爸的手三人緊緊握在一起）

米兒　　原來我這麼不體諒爸爸媽媽，你們努力工作還不是為了我，我還一直抱怨你們。

△這時爸爸慢慢睜開了眼睛。

爸爸　　米兒，我的寶貝女兒，爸爸要在這裡跟說聲抱歉，爸爸真的很愛你，我不是不關心你，我只是不知道怎麼當個平易近人、了解孩子心理的爸爸，你願意原諒爸爸嗎？

△米兒流下淚水點頭。

米兒　　爸，對不起！我也很愛你，還有媽媽，以前都是我自己不懂事，如果可以我希望我能和你和媽媽永遠在一起。我也會認真讀書，也希望你們成全讓我努力練習跳舞，成為世界頂尖的舞者。

爸爸　　希望我能等到那一天，我會坐在第一排為你鼓掌加油！

第五幕　劇院

△劇院舞台上，米兒在台上表演，采采、小苡、小健在台下觀看表演。

△掌聲音效，米兒謝幕，燈暗下。

△表演結束後，采采、小苡、小健到後台找米兒。

小苡　　米兒今天好漂亮喔！

小健　　對啊！舞技也是一流。

采采　　嗯！努力付出果然不一樣！

米兒　　謝謝你們，我很開心你們都來了！可惜……爸爸永遠不能來看我跳舞
　　　　了……。（表情失落）

△燈光漸暗，米兒又走回舞台中，燈亮。

米兒　　我是米兒，一個勇於追求夢想的女孩，爸爸、媽媽曾經告訴我，米粒雖
　　　　然小，但它卻有無比的能量，因為米粒的收成需要投注全心的努力，所
　　　　以幫我取了這個名字。這就是我的故事，一個屬於自己內心最遺憾的故
　　　　事。（鞠躬）

狗‧戀

編劇：黃雅君、郭宸瑋、蘇耀庭、沈子善、林哲弘

劇本指導：謝鴻文

場一

△世維正準備出門買樂樂的飼料在門口穿鞋子，少雲則在客廳整理事務，樂樂在一旁玩耍著。

世維　　老婆，我去買樂樂的飼料哦！

少雲　　（嘟起嘴來）要不是芳玲等一下要來，我就跟你一起去。

世維　　沒關係，你們那麼久沒見面了，好好聊聊。

少雲　　好嘛！那要親親～

△世維出門一陣子之後，少雲整理客廳的事務也完成了。

△芳玲來了，按門鈴，少雲走向前迎接。

少雲　　好久不見了，不是說待在國外不回來了嗎？

芳玲　　沒辦法，公司要我回來負責這邊的業務啊！

少雲　　嗯！如果不是這樣，你就都不回來看看老朋友了。

芳玲　　別這麼說嘛！早就想回來看看你了。聽到你結婚了，真嚇我一跳，我真想知道是哪位青年才俊能擄獲芳心？說——怎麼認識的？

△少雲把樂樂抱在懷中，滿臉幸福的微笑。

芳玲　　喂！該不會跟這隻狗有關吧！

△少雲點頭笑著。

少雲　　二年前，我為了報導流浪動物而做了一些採訪。在學長的介紹下，我訪
　　　　問了一位全心全力為流浪狗付出愛心的黃媽媽，採訪的時候，剛好黃媽
　　　　媽帶著一隻受傷的馬爾濟斯去求診，請她的鄰居幫她顧家……
芳玲　　那個鄰居他（雙眼狡獪的轉了一下）……就是你的阿娜達？

△少雲點點頭。

少雲　　當時世維正在幫黃媽媽洗狗，於是我就請教了他一些關於寵物問題……
芳玲　　然後呢？
少雲　　我和世維越說越投緣，從此越走越近，他讓我了解到這個社會許多流浪
　　　　動物問題是必須被注意被關懷的。
芳玲　　這個問題一直存在歐美，現在丟棄動物的人很少，文明國家對這方面很
　　　　注重。
少雲　　是啊！這也就是我想要探討這方面及報導出來的原因，希望大家能把
　　　　飼養的貓狗當成家人，除了牠們是最忠實的朋友之外，也是有生命靈
　　　　性的。
芳玲　　離題囉！
少雲　　因為要實地了解，就常跑去黃媽媽家，一起做飼料，一起去小吃店拿廚
　　　　餘，一起開車沿途放食物及水，一起幫狗洗澡，我發現真的是蠻辛苦，
　　　　但是也很快樂的一件事。
芳玲　　就只有你和黃媽媽嗎？
少雲　　還有世維，世維因為愛狗也常常過來幫黃媽媽的忙。世維溫柔體貼而且
　　　　又很有愛心，看著他的眼神及微笑，我知道我的心就是屬於他了，他是
　　　　我的真命天子。樂樂就是我生日那天他送我的禮物。
芳玲　　那他是用什麼方法送給你的呀？好想知道唷！
少雲　　那時我一個人孤單的過著生日，當時覺得很傷心沒人陪我過生日，後來
　　　　聽見門鈴聲打開門發現是世維，他叫我閉上雙眼攙扶著我到客廳，當我
　　　　睜開眼睛的剎那，他將樂樂抱到我面前，樂樂可愛的模樣讓我一眼就愛
　　　　上牠，我們就這樣與樂樂開心過了生日。然後他告訴我，樂樂是我們共
　　　　同的孩子，我們要一起照顧牠好嗎？

芳玲　　他……在跟你求婚？

△少雲點點頭。

芳玲　　然後呢？然後呢？
少雲　　就是你現在看到的這樣囉！
芳玲　　你們倆簡直就是因狗而結緣相戀的嘛！

△當芳玲和少雲正逗弄著可愛的樂樂時電話鈴聲響了。

少雲　　喂！什麼！（驚訝的表情）在哪？好，我馬上出去！（急促的語氣）
芳玲　　怎麼了？
少雲　　芳玲，快！載我去醫院，世維……世維……他出車禍了！

場二

△世維奄奄一息的躺在加護病房裡面，少雲抱著樂樂與芳玲正在外頭確認家屬身分，並與醫生了解世維的狀況。

醫生　　李太太，你先生因為車禍導致肋骨斷裂，而斷骨插入肺葉裡面導致嚴重內出血，傷勢非常嚴重，你要有心理準備，我們已經盡力了！你去看看他吧！哎！年紀輕輕的！（邊走邊嘆氣）

△少雲一聽整個傻住，無法接受，站不穩索性坐在椅子上，搗住了臉啜泣。不一會兒擦乾淚水，試圖讓自己輕鬆些，她不想自己這樣讓世維看到，芳玲跟著走進病房，她們表情顯得哀傷沉默，之後芳玲攙扶虛弱的少雲步出病房。芳玲憂心的看著少雲，少雲拿著世維的照片眼眶泛紅，此時摸摸樂樂的頭。

少雲　　若是世維真的過世了，我真不知該如何是好。
芳玲　　不會！不會的！我相信他會好起來的！

△少雲若有所思的低著頭喃喃自語。

少雲　　我跟世維都很愛惜動物，我希望未來能夠帶著他的遺志繼續完成。
芳玲　　相信你一定能做到的！（拍拍少雲肩膀）

△少雲隱忍在內心深處的悲傷在一瞬間傾洩而出，芳玲一旁安撫。

場三

△經過了一年的時間，少雲依然熱衷愛心的工作，這天他急急忙忙的進入獸醫院
　告知獸醫江醫師狗兒狀況。

少雲　　江醫師這隻狗受傷了，請幫忙看一下。
江　　　沒問題！（江醫師檢查了小狗的腳，細心幫牠包紮傷口）好了，陳小
　　　　姐，你很有愛心哦！常常帶一些流浪受傷的貓狗來治療。
少雲　　牠們好可憐，如果受傷沒來治療的話，到最後會死的！

△江醫師看看少雲如此的年輕臉龐卻籠照著憂愁。

江　　　為甚麼我每次看見你的時候總是有些憂愁？
少雲　　真的嗎？
江　　　跟這些貓狗有關係嗎？

△此時少雲由喜轉悲再變為假笑。

少雲　　不！其實也沒甚麼，（逃避話題）狗兒先交給你照顧，我還有事情晚點
　　　　再來接牠。
江　　　ㄟ……少……陳小姐，算了！等他回來再問問他好了。（獨自耐心照料
　　　　著小狗，並且拿狗飼料餵食之後與牠玩耍）

△過了一會少雲緩緩上前。

少雲　　江醫師，小狗狀況還好吧？
江　　　嗯！牠正開心的對你笑呢，好像是在跟你道謝呢！

少雲　真的耶！小狗要乖乖唷！你放心，以後你就一個有家了。（對著小狗呢喃）對了！江醫師可以陪我送小狗去流浪狗之家嗎？

江　　好呀！我正準備下班呢，反正也不遠呀！

△江醫師整理手邊的工作完了後，與少雲出去散步，交談中少雲仍顯得悶悶不樂，直到了流浪狗之家，少雲才轉為興奮。

江　　原來你是因為過去答應先生遺願，因而認真投入志工的工作呀！其實我會想當獸醫也是因為對動物們的關心與愛心，爾後很歡迎你常來到我的醫院幫助動物們唷！相信有你的細心照顧，更能完成你先生的遺願呢！

少雲　嗯！我或許會是你的好幫手！到了！謝謝你送我來。

江　　那……我改天再去找你，看我有甚麼幫的上忙的。

江　　好！那改天見囉！掰掰！

少雲　掰掰！

場四

△兩人出場定位左上，少雲與江醫師在舞台上少雲幫動物做包紮的動作，江醫師與動物親暱的玩在一起，與少雲的互動也比之前更親密有說有笑。

江　　少雲！

少雲　嗯！怎麼了？（認真的做包紮動作）

江　　少雲，你願不願意一輩子都陪在我身邊照料更多動物發揮更多的愛心？（此時停止動作認真注視少雲）

少雲　你知道我心中只有世維，雖然他去了另外一個世界，但他一直在我心裡，你何苦要追求這份沒有結果的感情呢？（停止動作但眼神逃避著江醫師）

江　　我知道，我都知道，你的皮夾中有你們二人的照片，還有你對樂樂的愛，我從你口中已經聽了好多你們之間的故事，但請你聽我說──我永遠接受你們倆的過去，也會一直努力到你願意，我們之間有著共同的目標，就讓我代替他來愛你照顧你好嗎？你不能再活在他死亡的陰影下，未來你有你自己的人生要走，你仍然有權利可以追求幸福的。我可以讓你幸福並且讓我延續你先生的遺願吧！

△少雲聽了之後，淚水不禁掉了下來。

少雲　　謝謝你，但，請你給我時間考慮好嗎？
△少雲臉帶害羞的看了江醫師一下，轉身走開了，只剩下江醫師望著離去的背
　　影，眼神專注且深情看著。
△少雲出去一會後，又回來到醫院，江醫師驚訝的看著少雲。

江　　　你怎麼又回來了？
少雲　　我忘了一件事情⋯⋯
江　　　什麼事？

△少雲突然抱住江醫師。

場五

△江醫師正在準備開店的工作，江醫師獨自呢喃著黃媽媽今天會前來的事。

江　　　今天黃媽媽要載一些流浪犬來結紮。（往門口一看）說曹操，曹操就
　　　　到。天哪！可不少隻！

△黃媽媽帶著流浪狗們進場。

黃　　　江醫師又來麻煩你了，最近山上好多狗不見了，不知被抓到哪裡去了，
　　　　冬天到了真令人憂心。
江　　　你別想太多，盡人事聽天命，我們能做多少就做多少，擔心也沒用。
黃　　　你說也沒錯，唉！之前景氣不好時，山上突然多了好多貓狗出來，連名
　　　　犬都有，既然養了就要負責任呀！
江　　　是沒錯啦！有些人可能真的因此縮衣節食，養不起而棄養，這也是沒辦
　　　　法的事。

△黃媽媽搖搖頭嘆氣。

江　　今天的狗都是來結紮的嗎？

黃　　只有結紮才能解決流浪狗越來越多的問題。

江　　是呀！

黃　　那這些狗先暫放你這邊，我待會再來載牠們。

江　　沒問題！

△黃媽媽退場。

江　　老婆（往房內大喊）上工囉！

△少雲慢慢地走出來。

少雲　　（微笑著）老公，剛我在裡面聽見黃媽媽的話了，她講的很有道理，我
　　　　們加油吧！

誌謝

感謝所有曾經給予我們協助，促使這本劇本集出版的個人或單位。

行政院文化建設委員會
信義房屋仲介公司
秀威資訊出版公司
秀威資訊出版公司主編楊宗翰先生
桃園縣經國國中李麗卿校長
桃園縣楊梅國中田應薇校長
桃園縣仁美國中劉漢癸校長
桃園縣經國國中黃柏園會長
桃園縣經國國中謝季燕會長
桃園縣經國國中蘇美麗主任
桃園縣經國國中洪金輝主任
桃園縣經國國中范菁華主任
桃園縣經國國中郭功檮主任
桃園縣經國國中林宗禧主任
桃園縣經國國中張維翎主任
桃園縣經國國中林錦雲組長
桃園縣經國國中范楊錦組長
桃園縣經國國中郭欣婷組長
桃園縣經國國中鄭家珊組長
桃園縣經國國中游雅音老師
Tee花嫁秘書劉領娣總監
阿助那裏咖啡廳呂文助先生
宜頡科技有限公司謝牧良先生
羅瓊霞小姐

徐秋明小姐

蔡宛庭小姐

陳妍伶小姐

施雅琪小姐

黃麗鳳小姐

吳泰德先生

王彥鋐先生

曾英杰先生

詹忠翰先生

所有參與的同學家長、民眾

美學藝術類　PH0039

騷動：青少年劇本集

行政院文化建設委員會 贊助出版

作　　者／陳義翔、李美齡等
主　　編／謝鴻文
責任編輯／蔡曉雯
圖文排版／蔡瑋中
封面設計／王嵩賀

發 行 人／宋政坤
法律顧問／毛國樑　律師
出版發行／秀威資訊科技股份有限公司
　　　　　114台北市內湖區瑞光路76巷65號1樓
　　　　　電話：+886-2-2796-3638　傳真：+886-2-2796-1377
　　　　　http://www.showwe.com.tw
劃撥帳號／19563868　戶名：秀威資訊科技股份有限公司
　　　　　讀者服務信箱：service@showwe.com.tw
展售門市／國家書店（松江門市）
　　　　　104台北市中山區松江路209號1樓
　　　　　電話：+886-2-2518-0207　傳真：+886-2-2518-0778
網路訂購／秀威網路書店：http://www.bodbooks.com.tw
　　　　　國家網路書店：http://www.govbooks.com.tw

2011年5月BOD一版
定價：260元
版權所有　翻印必究
本書如有缺頁、破損或裝訂錯誤，請寄回更換

國家圖書館出版品預行編目

騷動：青少年劇本集 / 謝鴻文主編；陳義翔, 李美齡等著.
-- 一版. -- 臺北市：秀威資訊科技, 2011. 05
　　面； 公分
BOD版
ISBN 978-986-221-762-7（平裝）

854.6   100009196

讀者回函卡

感謝您購買本書,為提升服務品質,請填妥以下資料,將讀者回函卡直接寄
回或傳真本公司,收到您的寶貴意見後,我們會收藏記錄及檢討,謝謝!
如您需要了解本公司最新出版書目、購書優惠或企劃活動,歡迎您上網查詢
或下載相關資料:http:// www.showwe.com.tw

您購買的書名:_____

出生日期:_____年_____月_____日

學歷:□高中 (含) 以下　　□大專　　□研究所 (含) 以上

職業:□製造業　□金融業　□資訊業　□軍警　□傳播業　□自由業
　　　□服務業　□公務員　□教職　　□學生　□家管　　□其它_____

購書地點:□網路書店　□實體書店　□書展　□郵購　□贈閱　□其他

您從何得知本書的消息?

　　□網路書店　□實體書店　□網路搜尋　□電子報　□書訊　□雜誌
　　□傳播媒體　□親友推薦　□網站推薦　□部落格　□其他_____

您對本書的評價:(請填代號　1.非常滿意　2.滿意　3.尚可　4.再改進)

　　封面設計____　版面編排____　內容____　文╱譯筆____　價格____

讀完書後您覺得:

　　□很有收穫　□有收穫　□收穫不多　□沒收穫

對我們的建議:_____

_____

_____

_____

11466
台北市內湖區瑞光路 76 巷 65 號 1 樓

秀威資訊科技股份有限公司 收

BOD 數位出版事業部

....

（請沿線對折寄回，謝謝！）

姓　　名：_____　年齡：_____　性別：□女　□男

郵遞區號：□□□□□

地　　址：_____

聯絡電話：(日) _____ (夜) _____

E-mail：_____